GIUSEPPE DI PIAZZA
I QUATTRO CANTI DI PALERMO

ROMANZO
BOMPIANI

Questo libro è un'opera di fantasia. I nomi, i personaggi, gli avvenimenti e i luoghi sono un prodotto dell'immaginazione dell'autore.
Sebbene l'autore si sia ispirato in parte a fatti di cronaca, nessuno dei personaggi del libro è esistente. Ogni somiglianza a persone viventi o defunte è puramente casuale.

ISBN 978-88-452-6939-4

© 2012 Bompiani / RCS Libri S.p.A.
Via Angelo Rizzoli, 8 - 20132 Milano

Prima edizione Bompiani gennaio 2012
Quarta edizione Bompiani luglio 2012

A Roberta, Luigi, Carlo e Giorgio

"Passo a narrarla con le circostanze accidentali di tempo e di luogo che la illuminarono."
Jorge Luis Borges

"Ciò che non è in mezzo alla strada è falso, derivato, vale a dire: letteratura."
Henry Miller

MARINELLO

Un western

Milano, dicembre 2010

La prima volta che sentii il suo nome pensai fosse un refuso, uno di quegli errori di battitura che commettono di tanto in tanto gli ufficiali d'anagrafe, interferendo con il destino degli esseri umani. Tipo Condoleezza Rice, che invece avrebbe dovuto chiamarsi Condolcezza Rice per desiderio di un papà melomane. Una "e" al posto di una "c". Un errore che, sottraendo dolcezza a quella bambina, finì per condannare, cinquant'anni dopo, centinaia di migliaia di persone alla brutalità della morte.

Il suo caso era diverso: lui venne chiamato Marinello per scelta. Un nome grazioso, vezzeggiante, che poteva sembrare uno sbaglio, ma che invece era stato voluto dal padre il quale sognava, per quel bambino riccio, moro, con due occhi nero pece, un futuro poco tradizionale.

Il padre fu accontentato.

Crescendo, Marinello divenne un rapinatore, e non un killer come tutti i suoi cugini, i suoi zii, i suoi cognati. L'aveva deciso lui: "Io non uccido." Una scelta che fu all'origine di quanto accadde in quell'estate dell'82 a un certo numero di persone; alcune delle quali sopravvissero, altre no.

Palermo, giugno 1982

Il poliziotto aveva staccato dal turno di notte. Lavorava al reparto volanti, ma in realtà faceva parte di una squadra segreta, detta Catturandi. I cacciatori di mafiosi. Il nostro rapporto era al confine tra la conoscenza e l'amicizia. Bastava poco perché tornasse nel terreno neutro della prima o decollasse verso il cielo della seconda. Mi aveva dato appuntamento al bar davanti alla questura. Si chiamava Salvo, aveva ventitré anni, la mia stessa età. Un'età ingiusta per parlare di morte, di autopsie, di tortura. Eppure.

"Hai presente gli Spataro?"

La famiglia più vincente tra i vincenti, in quel sanguinoso 1982. Mafia antica che si era saputa riciclare, alleandosi in fretta con i feroci corleonesi. Gli Spataro, una stirpe che stava a Cosa Nostra come i Tudor al trono d'Inghilterra.

"Dimmelo, Salvo: che hanno fatto?"

"Sappiamo che si sono sparati tra loro."

Non era possibile; lo schema era facile e funzionava sempre: i vincenti ammazzavano i perdenti. Di rado un perdente ammazzava un vincente. Ma non poteva succedere che ci si sparasse dentro la stessa parte, lo stesso steccato.

Questo, per noi che facevamo i cronisti, era Bibbia, tavola di legge, norma costitutiva di ogni analisi sulla mafia dei primi anni Ottanta.

"Vabbe', stai scherzando."

"No, abbiamo trovato i bossoli. A piazza Scaffa, una sparatoria infernale. Uno contro uno. E un *muffuto* ci ha detto che erano Spataro contro Spataro."

I *muffuti* erano le fonti, gli ammuffiti, gli andati a male, oppure, visti da un'altra angolazione, gli *andati a bene*.

"E perché si sarebbero sparati?"

"Non si sa."

"Avete trovato corpi, sangue?"

"Tracce lievi, qualcuno dev'essere ferito. Ma non molto sangue."

Tornai al giornale con una certezza: non avevo capito niente. Ne parlai con il capocronista. Mi disse di controllare quello che era successo, cosa dicevano i magistrati. Cominciai le mie ricerche destinate, come d'abitudine nella Palermo della mattanza, al più completo nulla.

* * *

Rosalba stava carezzando la fronte di Marinello.

"Sangue mio," disse poggiando le labbra sulla sua pelle ambrata.

Lui sorrise con tenerezza. Quella ragazza era la cosa giusta, la prima della sua vita, era il futuro nelle sue mani, la speranza di cambiare.

"Rosalba, io e te ce ne andremo. Faremo figli, li faremo in un posto dove nessuno capirà il siciliano."

Poi fece una smorfia.

Era disteso sul letto in un sottoscala umido della Palermo

periferica. Intorno, palazzi abusivi illuminati dalla luce del mattino, residui giardini di arance, rottami di auto. Si toccò la gamba destra.

"Quel figlio di *buttana* di Totuccio."

Lo aveva preso alla coscia, un foro di entrata e un foro di uscita. Visto lo squarcio, la pallottola doveva essere una 38. Rosalba prese un fazzoletto, lo bagnò. Glielo strizzò sul viso, facendo cadere gocce fresche sulle guance che scottavano, contratte dal dolore.

"Marinello, se vuoi chiamo mio padre. Conosce un medico."

"Lascia stare, aspettiamo il professore. Porta lui le iniezioni."

La ferita era stata tamponata dalla ragazza con due strofinacci e mezzo litro di alcol denaturato. Il sangue aveva intriso la stoffa: una 38 è una 38.

"Io, però, devo averlo preso pure."

"Non ci pensare, amore mio. Dobbiamo scappare."

"Prima voglio ammazzarlo. Totuccio è troppo *tinto*, mio zio lo sta usando come uno sterminatore. E io stermino lui."

Fece un'altra smorfia. Rosalba lo abbracciò, sentì il torace febbricitante, il tremore dell'adrenalina. Si sdraiò accanto al suo uomo e chiuse gli occhi. I suoi pensieri si misero in libertà, come per difesa. Le apparve IL Castiglioni-Mariotti, IL vocabolario di latino: non si spiegava perché l'articolo fosse tutto maiuscolo e non si ricordava che cosa significasse *apud*. Poi pensò all'ablativo di *domus*. Marinello si era assopito. Il battito del suo cuore era per lei una carezza.

Rosalba Corona aveva diciott'anni appena compiuti e due settimane dopo avrebbe dovuto affrontare l'esame di maturità. Quella mattina, nel sottoscala accanto al suo uomo ferito, era la prima prova. La più importante. E non aveva studiato abbastanza.

Si erano conosciuti in un bar dell'Addaura, l'estate prima. Lei ragazzina del Garibaldi, liceo classico della Palermo borghese; i capelli lisci e neri tirati indietro e legati come Ali MacGraw in quel film in cui tutti in sala alla fine piangevano. Occhi che ricordavano un paio di millenni di storia, occhi fenici, allungati, scuri, ciglia definite da un mascara naturale. Era snella, alta, con un seno a punta che non si arrendeva a nessun tentativo di nasconderlo. Il suo seno parlava, e lei non gli toglieva la parola.

"Mi chiamo Rosalba Corona, ho diciassette anni. Voglio diventare professoressa," aveva detto a quel ragazzo con i riccioli mori e una pelle color miele di castagno. Le ricordava Tony Musante, un attore che era il mito di sua madre, però più alto.

"Voglio insegnare italiano, mi piace stare con i bambini."

Lui si era avvicinato al bancone, per ordinare una Coca con il rum. Lei era lì con la sua amica Annina, una compagna di classe un po' sovrappeso, bionda, che aveva una casa sulle falde di Monte Pellegrino, a duecento metri da quel bar che si affacciava sugli scogli. Bevevano Fanta.

"A voi due niente alcolici, vero? Troppo *picciridde*..." fece Marinello.

Annina gli rivolse un'occhiata di disgusto, da gatto davanti alla marca di scatolette che odia.

Rosalba invece sorrise.

"No, è che a noi ci piace così," mentì.

Marinello, dentro di sé, festeggiò l'incontro. Inarcò la schiena, sentì il calcio della Beretta 7.65 toccare i muscoli lombari. La teneva dietro, sotto la camicia, come fanno i poliziotti, e non voleva che le due ragazze la notassero.

"Invece dovete assaggiarlo, il rum. È una cosa dolce, che vi fa diventare grandi subito."

Annina si allontanò con una scusa, indirizzando un gesto

verso il nulla, dove avrebbe dovuto esserci un Gaspare che lei chiamò a voce alta.

"Io assaggio cose solo da ragazzi che conosco. E a te non ti conosco," disse Rosalba.

"Piacere, mi chiamo Marinello Spataro, ho ventidue anni. Vorrei diventare tuo amico."

Lei sentì che i suoi occhi neri dicevano una certa verità, ma non sapeva quale. La cantilena palermitana era da quartieri bassi, però addolcita nell'insieme da una camicia jeans con gli automatici di madreperla portata fuori, sui pantaloni bianchi.

"E io mi chiamo Rosalba Corona, ho diciassette anni. Voglio diventare professoressa."

Glielo disse subito, come per segnare il territorio: io studio, io ho un futuro, non sono una così, da bar.

"Piacere, Rosalba. Però non mi dire che vuoi diventare professoressa proprio stasera."

Lei sorrise. Lui le prese la mano per stringerla, in realtà gliela carezzò. Sentì la pelle di quella ragazza che invece di rivolgere altrove gli occhi, anche solo per simulare timidezza, glieli piantò dentro. Occhi fenici dentro occhi di pece.

Dalle casse usciva la voce di Giuni Russo. *Un'estate al mare.* Alcuni dei ragazzi intorno al bar la canticchiavano muovendo i fianchi; una bionda vestita come una caramella Sperlari sperava che qualcuno la invitasse, magari solo per gola.

Marinello e Rosalba erano assordati dal frastuono che veniva dai loro cuori. Capita nelle storie rosa, non in quelle nere.

Quella sera lei non divenne professoressa, ma tre sere più tardi, dopo un'attenta riflessione, stabilì di essere innamorata pazza di Marinello, come già sapeva dal primo sfioramento di mano, davanti a una Fanta.

* * *

Si conviveva. Buoni e cattivi. Vittime e carnefici. Figlie d'impiegati perbene e figli di mafiosi sanguinari. La linea di confine, a Palermo, non è mai stata tracciata. Il prefetto dalla Chiesa, prima di essere ucciso, in una delle sue rare interviste disse che lui non accettava inviti a cena: a Palermo non sai mai a chi stai stringendo la mano. Andavamo tutti a Mondello, all'Addaura. Frequentavamo tutti gli stessi bar.

Un caro amico quell'estate bussò alla mia porta; era stravolto.
"Che cosa è successo?"
"Ho appena visto Michele Greco," rispose con un sussurro, buttandosi sul divano.

Era andato a prendere una granita in un bar di via Libertà, uno dei più famosi. Michele Greco, detto il Papa, latitante, capo indiscusso della cosca di Croceverde Giardini e quindi della mafia palermitana, passava il pomeriggio come un qualsiasi pensionato al tavolino di un bar, gustandosi una brioche con il caffè freddo.

"Sono scappato terrorizzato." Non gli passò per la mente di chiamare la polizia.

C'era mescolanza e impunità. Pochi davano la caccia ai boss: in molte strutture dello Stato, risultò negli anni seguenti, si erano infiltrati informatori di Cosa Nostra.

* * *

Passai il pomeriggio a Palazzo di Giustizia, in cerca dei magistrati che, conoscendomi, avrebbero accettato in pubblico di rispondere al mio buongiorno. In privato, poi, avremmo parlato: la sparatoria tra gli Spataro, l'eventuale movente.

Non raccolsi molto. Verso le sette tornai a casa, una palazzina primi Novecento che dividevo con il mio migliore amico, Fabrizio. La *boiserie* alle pareti, in palissandro, dava un tono molto Gotham City. Lì erano morti i nonni di Fabrizio, più di mezzo secolo dopo averla costruita, e all'inizio degli anni Ottanta, ormai vuota, ci fu concesso di abitarla. Non toccammo nulla, né il palissandro, né gli arredi liberty. Aggiungemmo i nostri dischi, i nostri impianti di alta fedeltà, i quadri, la vita sregolata di ventenni senza orizzonti definiti.

Mi svegliavo presto per andare al quotidiano, che doveva essere chiuso in tipografia non oltre l'una del pomeriggio. La sveglia suonava alle sei e mezza, e alle sette e un quarto di solito ce la facevo a entrare, scambiando un saluto con Saro, l'usciere del giornale. "Occhi di sonno," mi diceva sorridendo, piegando i baffi per lasciare nell'aria un'allusione evidente, carica d'affetto: "Occhi di sesso, occhi di sesso."

Palermo era ancora avvolta nel tepore d'inizio estate: nel giro di qualche giorno la morsa avrebbe cominciato a stringersi. Si può morire assassinati dal caldo e dal fetore d'immondizia. Ma nella stessa città che vuole farti fuori, si può vivere credendo di essere in paradiso. E quella fu una sera così.

Il paradiso era la promessa che mi aveva fatto Paolo: "Ti porto a bere a Mondello, al bar della Torre. Ci sono quattro ragazze del Nord di passaggio. Una più bella dell'altra. Sono qui per scattare una pubblicità."

Paolo era uno dei miei amici più preziosi. Studiava filosofia senza voglia, però si distingueva per una grande capacità speculativa: fu il primo, a Palermo, a sperimentare con successo quella che lui chiamava la "fenomenologia del windsurf". Con un'appendice che si era ripromesso di presentare come tesina d'appoggio: *Del windsurf: prolegomeni al rimorchio femminile*.

L'appuntamento era alle dieci di sera alla Torre; per me, in quegli anni, uno degli alberghi più belli del mondo. Un centinaio di stanze sulla punta del golfo di Mondello, con il mare che batte sotto ogni finestra. Monte Pellegrino, sovrastante la spiaggia, è il quadro di un vedutista tedesco di fine Ottocento. Vista da lì, Palermo è la solita illusione che nei secoli ha ingannato migliaia di viaggiatori passati durante il Grand Tour. Un luogo di una bellezza esemplare. *Esemplare*: aggettivo usato per definire, nei necrologi, padri e mariti carichi di mille altre colpe.

Alle dieci, parcheggiai la mia Vespa 125 GTR davanti all'albergo. Paolo era già al bar, con intorno le quattro ragazze. C'era pure un tipo alto, mi fu presentato come il fotografo che stava realizzando il servizio pubblicitario. Un tipo troppo alto per poter sapere che cosa passasse dentro ai suoi occhi. Nessuno nato in Sicilia riusciva a guardarci dentro in linea orizzontale.
Le ragazze si chiamavano Marta, Sofia, Benedicta e Filomena: apparivano tutte fuori posto in quella città così poco set per pubblicità. Chiacchierammo, bevemmo. Il fotografo andò via presto portandosi dietro Benedicta, una specie di Soraya giovane che non vedeva l'ora di farsi portare dietro.
Rimanemmo noi cinque e una bottiglia di passito di Pantelleria. I temi di conversazione: amori, futuro, speranze. Marta voleva sposare un calciatore. Filomena era fidanzata con un imprenditore tessile, quello per cui il fotografo stava scattando la campagna pubblicitaria. Sofia non raccontava niente. Sorseggiava il suo passito come se volesse farlo durare un paio d'anni. Ogni volta che posava il bicchiere incrociavamo lo sguardo, anche perché io non guardavo altro che i suoi occhi. Limpidi, di un verde frutta di Martorana.
"E tu, Sofia?"
"E io cosa?"
"Sei innamorata?"
"Non amo parlare della mia vita privata."
"Sai che *privata* significa che le manca qualcosa? Esempio:

quella persona è stata *privata* della sua libertà. Quella nazione è stata *privata* del diritto di votare democraticamente…"

Sorrise.

"Non mi hanno *privata* di niente. C'è un ragazzo, a Milano. Fa l'avvocato. In un libro ho letto che gli avvocati usano le parole come armi. Mi ha fatto molto pensare."

"E noi giornalisti, secondo te?"

"Come trappole. Voi parlate, scegliete le parole. E poi gli altri ci credono."

"Ma tu quanti anni hai?"

"Ventuno."

"Che cosa vuoi fare da grande?"

"Non l'avvocato," disse sorridendo. Era incantevole.

"Quanti giorni restate?"

"Domani pomeriggio abbiamo l'aereo."

Mi dimenticai della giornata a Palazzo di Giustizia, e avvertii in compenso l'ingiustizia della sua partenza. Andammo via scambiandoci i numeri di telefono.

All'una ero a casa. Con me e Fabrizio viveva un gatto soriano rosso che si chiamava Cicova. Era maschio, ma il suo nome era quello. Mi venne incontro con la coda alta: aveva fame. Lo resi felice con poco.

Prima di andare a letto feci il bilancio della giornata. Avevo conosciuto Sofia, mi avevano raccontato di un'inverosimile sparatoria tra mafiosi della stessa cosca, e non avevo appurato niente di preciso se non una cosa che già sapevo: i numeri di telefono di Milano cominciano tutti per 02.

* * *

Marinello si era svegliato, le serrande abbassate gli impedivano di capire che ore fossero.

"Cuore mio, ma è già pomeriggio?"

Rosalba era seduta nella poltrona accanto al letto. Gli toccò la fronte. L'iniezione fatta dal professore aveva avuto effetto: era fresco. La fasciatura alla gamba era macchiata di rosso, la ferita drenava.

"Sono le sei. Il professore ti ha fatto dormire. Dice che non è grave, che quando vuoi possiamo andarcene. Tanto guido io."

Marinello chiuse gli occhi, ripensò al momento in cui aveva sentito il proiettile abbattersi sulla coscia. Totuccio era a quindici metri da lui, si erano sparati addosso due caricatori, mancandosi. La rabbia di un gesto contro. La mira sbilanciata, poi il colpo. Una palla di piombo che aveva lacerato ogni cosa: vasi sanguigni, muscoli, nervi, tessuti connettivi, vene, arterie. Tutto fatto a pezzi, in un'area non più grande di una moneta da cento lire; ma dolorosa, come se le lire fossero miliardi. Un colpo alla coscia: niente per uno come lui; tutto, invece, per un nipote che fugge dalla famiglia con in mente una sola cosa: scappare con la ragazza giusta, diversa dal resto, in un posto dove non capiscano il siciliano.

"Io non uccido."

Pensò a Rosalba in macchina, nascosta.

E vide suo cugino Totuccio che si avvicinava per finirlo.

* * *

All'inizio poteva anche sembrare un film western. Piano americano, i duellanti di fronte, a quindici metri uno dall'altro: campo e controcampo. Immagini classiche, tagliate sopra al ginocchio per mostrare i cinturoni e le pistole. Il loro deserto era piazza Scaffa alle tre del mattino. Duecento metri più a ovest, nel 1860, i *picciotti* di Garibaldi avevano battuto sul Ponte dell'Ammiraglio le truppe di Franceschiello. Quella notte del 1982 altri due *picciotti* si affrontavano, uno contro l'altro, per una questione di onore e di rispetto. Roba un po' più complessa di una risibile unità nazionale.

Totuccio Spataro, venticinque anni, detto Peduzzo, killer numero uno della famiglia mafiosa di Ciaculli, arrivò per primo. Il soprannome era dovuto ai suoi piedi minuti, numero trentanove, degni di un trequartista più che di un sicario. La natura, con lui, era stata avara in centimetri d'appoggio e pietà umana. Totuccio si era fatto un nome uccidendo senza alcuna emozione chiunque gli venisse ordinato. Non voleva particolari: solo nome, cognome, e un'indicazione sul livello di spettacolarità dell'omicidio; il modo con cui veniva compiuto era l'elemento, per così dire, didattico.

Uccidere qualcuno da una moto in corsa significava rispetto per il bersaglio: difficile da raggiungere e colpire, come le ricciole, che sono pesci carnivori. Altro significava "incaprettare" la vittima: segno di disprezzo assoluto per un corpo ridotto a un pacco che si autostrangolava; peggio ancora far trovare la vittima, così confezionata, nel bagagliaio di un'auto, sotto il sole dell'estate palermitana.

Totuccio Spataro sapeva impartire con eguale efficacia sia morte, sia lezioni. Ed era imbattibile. Almeno fino a quella notte in piazza Scaffa, quando si trovò di fronte il suo unico cugino che, incredibilmente, aveva scelto di non diventare un killer, tradendo la ditta di famiglia.

Totuccio si guardò intorno, voleva capire se c'era qualcuno nascosto. Si aggiustò con un gesto meccanico la frangetta bruna, che cadeva su un viso fatto apposta per non essere ricordato. Non era alto, aveva ai piedi scarpe da ginnastica imitazione Fila, misura da ragazzo, e vestiva in modo anonimo con una predilezione per i giubbotti jeans, dentro cui teneva d'abitudine una Smith & Wesson 38 Special a canna corta. Un po' come gli altri avevano le Marlboro. Ma Totuccio non fumava, quindi lo spazio per la 38 c'era. Portava sempre con sé un santino di Padre Pio, vicino ai proiettili di scorta. La mano miracolosa, per chi fa il killer, è come l'Iva per gli artigiani: devi sempre poterla aggiungere se il cliente lo richiede.

Stabilito che la piazza era vuota, si accucciò vicino a una 127 bianca che, sotto le luci gialle e povere di piazza Scaffa, sembrava color ittero. Dovevano vedersi alle tre. Per parlare. O per morire.

Marinello arrivò con Rosalba poco dopo; avevano preso la Fiesta carta da zucchero dei genitori di lei. Parcheggiarono lungo corso dei Mille, a cento metri da piazza Scaffa. Il muso in fuori, pronti a partire.

"Tu resta qui, amore mio," disse lui poggiandole una mano sulla coscia.

Lei ubbidì, spostandosi al posto di guida: aveva appena preso il foglio rosa, non era esperta, ma ingranare la prima e scappare, questo sì, l'aveva imparato subito. Avrebbe dovuto evitare quella fila disordinata di cassonetti, una barricata postmoderna da cui emanava un fetore orribile, omaggio involontario e sacrilego alla *Battaglia di Ponte dell'Ammiraglio* dipinta da Guttuso. Lo slancio di una *camicia rossa*, la sciabola brandita dal generale, i *picciotti* che morivano per un'Italia mai così lontana per la popolazione di Palermo, schiacciata durante i moti del 1820 e mai più risollevatasi. Eppure le *camicie rosse* avevano combattuto, e avevano vinto.

Marinello non sapeva niente di tutto questo quando si avvicinò ai cassonetti pensando che Rosalba avrebbe dovuto essere brava a evitarli, in slalom, se le cose si fossero messe male. Se lui fosse stato ucciso.

Controllò la cintura di cuoio che teneva i jeans. All'altezza della fibbia aveva infilato la Beretta M9 Parabellum, da film americano. Dietro, con il calcio che toccava la schiena, la 7.65, più maneggevole. Si guardò le scarpe: Adidas rosse scamosciate, le tre strisce bianche sporche di terra e polvere. E decise di andare incontro alla propria famiglia che l'attendeva da qualche parte, magari in agguato dietro a una di quelle automobili in sosta.

Totuccio lo vide avanzare. Si mise in piedi: quella era questione da uomini in piedi.

"Cugino, tu devi essere uomo. O vieni con noi subito, lasci quella *buttana*, fai quello che la famiglia ti dice, oppure..."

"Oppure cosa, pezzo di merda?"

Si trovavano a quindici metri uno dall'altro, di fronte. Erano cresciuti insieme: stesse feste, stessi battesimi, diversi destini.

Marinello voleva la sua libertà e per questo era pronto a uccidere.

"Oppure cosa?"

"Oppure ti sparo qui. Sei sangue del mio sangue, e non ti scannerò a tradimento. Ti do la possibilità di difenderti, come si fa tra uomini. Facciamo a chi spara prima, però sei libero di scegliere: torna con noi e ce ne andiamo a casa."

Nessuno dei due aveva ancora armi in mano. La luce giallognola dei lampioni illuminava i cassonetti, due carcasse bruciate di automobili, le cassette per la frutta accatastate all'angolo tra via Brancaccio e corso dei Mille, dove nasceva piazza Scaffa.

Dalla sua Fiesta, Rosalba distingueva in lontananza le due sagome. La più vicina era Marinello, più in là l'uomo che avrebbe deciso della loro vita.

Vide un primo lampo. Poi un secondo. Nel giro di pochi istanti i lampi divennero quattro, cinque. Le due figure si spostavano poco, come se non volessero schivare i colpi. Marinello cadde in ginocchio, e il cuore di lei si fermò. Non sentiva più nulla, funzionavano solo gli occhi, fissi sull'altro uomo che si avvicinava, trascinando una gamba e cercando qualcosa dietro alla schiena: la seconda pistola. Tutto si rimise in moto, a velocità doppia.

"Sta per spargli in testa, sta per spargli in testa."

Il movimento di Rosalba fu rapido: mettere in moto la Fiesta, evitare la barricata di cassonetti, sgommare verso l'uomo che si avvicinava a Marinello, costringendolo a buttarsi a terra per non essere travolto dall'auto, frenare, raccogliere il suo uomo e scappare via. Verso un luogo dove ancora capivano il siciliano.

* * *

"Pronto? Sofia? Ti ricordi l'altra sera alla Torre?"

"Mi ricordo: sei quel giornalista che usa troppe parole."

"È bello lasciare tracce del proprio passaggio sulla Terra."

"Hai fatto presto a chiamarmi."

"Volevo sapere com'è Milano."

"Non è vero."

"Ok. Volevo sapere quanto contano gli avvocati nella scala sociale della tua città."

"Molto."

"Più dei giornalisti?"

"Vuoi sapere come sto?"

"Va bene, ricominciamo: ciao Sofia, sono quel giornalista che hai conosciuto l'altra sera a Palermo."

"Ciao! Come stai?"

"Bene, grazie. Scusa se ti disturbo, ma lì da te per caso c'è un avvocato? Avrei una domanda da fargli."

Riattaccò.

Mi sentivo stupido. La richiamai. Ebbe pietà.

"Scusami, è che ho passato una giornata assurda a cercare tracce di un mezzo killer."

"Mentre io facevo un mezzo casting per un catalogo di camicie da notte: non so quale delle due attività sia più rischiosa per la salute."

Era spiritosa, non solo intelligente: mi stava già sulle scatole. In ogni caso non meritava di passare il suo tempo con un avvocato. Le raccontai della mia giornata da cronista, inutilmente applicato a un caso che era più che altro il fantasma di un caso.

Mentre parlavamo, due miei colleghi mettevano in ordine le carte, gli appunti, le penne. Ci sono giornalisti ossessivi, che non riescono a lavorare se non su tavoli lindi come nelle pubblicità di cera per mobili. Uno dei due teneva dell'alcol nel cassetto: a fine giornata lo spruzzava sul linoleum della scrivania, e con fogli del quotidiano del mattino strofinava tutto. Si occupava, come me, di nera: ho sempre pensato che avesse verso le notizie un approccio da infermiere.

Sofia ogni tanto rideva alle mie battute su Palermo, la mafia, la vita con Cicova e con Fabrizio. Pensai che fosse nata un'amicizia. Niente di più sbagliato.

Ci salutammo, riprometterdoci di sentirci nei giorni seguenti, a condizione che accanto a lei ci fosse l'avvocato. Stavolta non riattaccò, rise e mi disse: "Ciao, scemo."

Avevo appena posato la cornetta quando il telefono suonò. Il doppio squillo ravvicinato di una chiamata interna: il centralino.

"Ti vuole un certo Salvo."

"Grazie, passamelo."

"Ciao Salvo, mi fa piacere sentirti."

"È da mezz'ora che provo, eri sempre occupato."

"Una cosa delicata, sto seguendo una traccia al Nord."

"Vabbe', volevo dirti che anche se sono le sette e mezzo di sera un caffè, se vuoi, ce lo possiamo prendere lo stesso. Al solito posto."

"Arrivo."

Salutai di corsa, presi la Vespa e filai in questura. Il solito bar. Salvo era già lì, seduto a uno dei tavolini interni. Stava per iniziare il turno di notte sulle volanti. A lui il caffè serviva davvero.

"Ti interessa sempre quella storia di piazza Scaffa?"

"Minchia se mi interessa."

"Abbiamo scoperto alcune cose: primo, i due che si sono sparati sono Marinello e Totuccio Spataro, cugini di secondo grado. E pare che dietro ci sia una questione di onore familiare."

"Nel senso che uno dei due si è *ficcato* la ragazza dell'altro?"

"No. Nel senso che Marinello è andato a cogliere arance nel giardino sbagliato."

"Si è fatto una che non doveva?"

"Peggio: si è fidanzato con una normale. La figlia di un funzionario dell'Acquedotto, un certo Corona. Bravi cristiani, brava *picciotta*. Ma la cosa non è consentita. Tu puoi stare solo con *picciotte* del tuo ambiente: questione di sicurezza che soltanto il sangue può dare. Gliel'hanno detto, ma lui niente. Da un orecchio ci entrava e dall'altro ci usciva."

"E quindi gli hanno sparato."

"Si sono sparati. Lui e Totuccio, il superkiller. E chi è morto? Nessuno. Strano, vero?"

Lo ringraziai, provai a pagare i caffè, ma Salvo fulminò il barista con lo sguardo: "Questioni territoriali, bello mio."

Tornai a casa. Mi cambiai. E volai da Roberto, un collega che si occupava di sindacato e scuola; viveva da solo nella casa dei genitori, tornati qualche mese prima nel paese d'origine, in provincia di Agrigento, per dedicarsi alla produzione di olive e uva. Roberto, inebriato dalla solitudine e dai metri quadri della casa, aveva organizzato una visione collettiva di Italia-Camerun, partita chiave nel girone eliminatorio dei Mondiali di Spagna.

In porta c'era un certo 'Nkono, che negli anni, con un nome così, divenne un mito transnazionale. Sul tavolo, coperto da una tovaglietta di plastica, c'erano alcuni vassoi di cartone con pezzi di *sfincione* che odoravano di pomodoro e cipolla, arancine, e due bottiglie di vino nero di Pachino. La TV in bianco e nero era stata spostata al centro della stanza, per creare un discreto effetto-platea: sedie di tre tipologie differenti – plastica, barocche di sua madre, in canna di Vienna di sua nonna – erano state disposte per file, dove noi sedemmo felici. Non pensai né a Marinello, né a Totuccio, né a quel tale Corona. Solo al portiere 'Nkono, che sembrava l'unico elemento di novità della mia giornata.

L'indomani mattina chiamai un mio ex compagno delle elementari, dipendente dell'Ufficio personale del comune, e gli chiesi di informarsi con discrezione su questo tale Corona che lavorava all'Acquedotto. Nel giro di poche ore mi richiamò da casa sua.

"Arcangelo Corona, cinquantuno anni, di Palermo, funzionario dell'Amap, l'ente Acquedotto. Ricopre l'incarico di responsabile dei rapporti con i fornitori privati siciliani. Sai, con la penuria d'acqua che c'è, spesso la dobbiamo comprare da 'sta gente. Prezzi altissimi, ma che ci vuoi fare? Corona tratta la cifra e lo fa con coscienza. È coniugato con una certa Mariapia Cuzzupane, quarant'anni, originaria di Aliminusa. Figlia di un allevatore di vacche, gente perbene. Vivono in viale Piemonte, zona buona, non ti devo spiegare niente. Hanno una figlia,

Rosalba, diciotto anni, studentessa del Garibaldi. Mi dicono pure che è bona."

Lo ringraziai, gli promisi che ci saremmo visti per una pizza con tutti i nostri ex compagni dell'Alberico Gentili: era uno che ci teneva a queste cose. Come molti palermitani, viveva ostinatamente nel passato; il presente non era che una deformazione spesso inutile di ciò che era stato. A riprova della bontà di questa teoria, Roberto e gli altri mi citavano la grammatica siciliana: l'unico passato previsto è quello remoto, e non esiste il tempo futuro. Al massimo, volendo esagerare, un palermitano usa il presente.

Tutto vero.

* * *

Le notti del Mundial di Spagna furono notti di retata. Lo Stato provava faticosamente a riorganizzarsi. Poliziotti e carabinieri valorosi, guidati da giudici di altrettanto coraggio, i cui nomi sono nella memoria del nostro Paese, compirono numerosi arresti. Fu dato un primo attacco a Cosa Nostra, la quale reagì avviando la sua stagione stragista. La prima dimostrazione di potenza nera fu voluta dai corleonesi di Totò Riina il 16 giugno dell'82: un massacro di carabinieri sulla Circonvallazione di Palermo per far fuori un rivale, il boss catanese Alfio Ferlito, che veniva trasferito da un carcere a un altro. Avvenne a fine mattinata, mentre la squadra della Germania Ovest ultimava il riscaldamento in vista della partita con l'Algeria, che si sarebbe giocata alle cinque e un quarto del pomeriggio. Arrivai sul luogo dell'eccidio con una troupe televisiva, che feci fermare a ridosso delle transenne poste per rispetto verso i corpi dei tre militari uccisi.

Poi, con passo sicuro ed espressione scocciata, attraversai tutti gli sbarramenti intorno al luogo del delitto, fino alle persone che stavano riferendo al prefetto dalla Chiesa la dinamica della strage. Mi unii a loro.

Due auto con i killer avevano stretto la macchina dei carabinieri su cui viaggiava il boss Ferlito. Poi si era scatenato l'inferno dei kalashnikov. Nessuno dei carabinieri aveva avuto il tempo di reagire. Dalla Chiesa ascoltava, io e altri due giovani in borghese annuivamo: davano tutti per scontato che fossi un investigatore. Uno dei due mi fissò corrugando la fronte. "Ma lei chi è?" Non mentii: "Un giornalista." Dalla Chiesa alzò gli occhi al cielo. I suoi uomini mi spinsero lontano.

* * *

Rosalba si era stesa a fianco di Marinello, ora più fresco. I loro corpi vicini erano per lei un'isola inespugnabile.

"Cuore mio, sento che stai meglio," disse passandogli la mano sul torace, lentamente.

Lui sorrise, senza la distorsione di una smorfia.

"L'iniezione mi ha fatto passare la febbre e i punti non mi fanno male. Il professore è stato bravo."

"Ci ha anche lasciato qualcosa da mangiare: due arancine e una bottiglia di Coca-Cola. Ha detto che devi stare sdraiato ancora un poco."

Marinello controllò con un gesto automatico la presenza della pistola accanto a sé: c'era.

"Io devo andare a casa mezz'ora da mio padre e da mia madre, non hanno più notizie da ieri."

"Non puoi usare la Fiesta. Totuccio l'ha vista."

"Lo so, è qui sotto nel garage. Prendo l'autobus. Torno presto, te lo giuro."

Si chinò su Marinello, poggiando le labbra sulle sue: un bacio lieve. Lui le scostò i capelli dalla fronte, sentì la loro consistenza, il profumo di balsamo. Poi la mano scese fino a sfiorarle il seno, inquieto sotto la maglietta di Fiorucci. Un angioletto stampato sul cotone che nascondeva un tesoro. E Marinello era con lei, con l'amore suo, sull'isola del tesoro; ma a differenza di lei sapeva che quell'isola era espugnabile: la famiglia Spataro non conosceva il senso della parola "pace".

***

Il 3 passava ogni tanto; sostava davanti a un marciapiede dove, da una decina d'anni, un palo arancione piegato indicava che lì c'era una fermata. Rosalba controllò se aveva monetine per pagare il biglietto; in tasca trovò due pezzi da venti lire e due da dieci. Era pomeriggio, suo padre era ancora al lavoro, sua madre a casa.

Una donna con un sacchetto di stoffa pieno di arance si avvicinò al palo storto. Aspettarono insieme. Dieci minuti dopo, la sagoma verde e nera dell'autobus apparve in fondo alla strada.

Rallentò e si fermò davanti al palo, senza aprire le porte.

La signora gridò: "Bussola!" L'autista azionò la leva orizzontale accanto al volante, e le porte posteriori si aprirono con un rumore che sembrava uno sbuffo. Il bigliettaio, seduto su una panca minuscola, staccò i due biglietti. Cinquanta lire. Grazie, fece Rosalba con gli occhi.

Si andò a sedere davanti, su una delle poltroncine di legno. La signora si sistemò a tre sedie da lei: erano le uniche passeggere.

"Figlia mia, hai gli occhi tristi," le disse la donna stringendo tra le mani il suo sacchetto di stoffa. "Vuoi un'arancia?"

Rosalba la guardò. Avrebbe pianto volentieri.
"No, signora, grazie, non è cosa."
Poi, sforzandosi, le sorrise dolcemente.

In dieci minuti il 3 lasciò la periferia, diretto verso le zone residenziali della città: il confine a Palermo è sempre stato labile, ravvicinato. Raggiunsero via Leopardi, poi viale Piemonte. Rosalba scese davanti al panificio che faceva la migliore pizza alta di Palermo.
Lei abitava al quarto piano. L'androne odorava di minestrina.
Il portiere la salutò allegro: "Addio, Rosalba!"
Saluto antico e affettuoso, accompagnato per strada dal levarsi del cappello.
"Ciao, Benedetto," disse Rosalba prendendo l'ascensore.
"Mamma, sono io."
"Gioia mia, ma dove sei stata?"
Mariapia era una donna che metteva il grembiule quando stava in casa. Non aveva mai lavorato, si era dedicata a suo marito, l'uomo al quale si era consegnata appena diciottenne, e a quella bambina nata dopo qualche anno di matrimonio.
"Amore, sei stanchissima. Vieni qui, fatti vedere."
"Vado a lavarmi, mamma, poi ti dico."
I genitori sapevano che Rosalba stava con Marinello da quasi un anno, e che lui non era un ragazzo come quelli del Garibaldi: macchina grande e viaggi in giro per la Sicilia; aveva pochi anni più di lei, è vero, ma ai loro occhi era già un uomo adulto. E tutto questo li preoccupava, pensavano che la scuola potesse risentirne, ora che c'erano gli esami di maturità.
Rosalba aprì l'acqua della doccia. Avvertì il tepore sulla pelle, lo scorrere lento, la pressione bassa dell'acqua al quarto piano, tipica Palermo. Si sentiva al sicuro sotto quel getto, le piastrelle

azzurrine intorno a sé, l'accappatoio di papà appeso al muro, vicino a quello di mamma. La prima lacrima si perse nell'acqua che le scivolava sul viso. Le altre le sentì con la lingua, che scendevano libere. Tutta colpa di quei due accappatoi.

"Ma che minchia," si disse Rosalba, provando a contenere il pianto.

La notte con lui in attesa dell'appuntamento.

Gli spari.

La fuga col cuore in gola.

La ferita di Marinello, il terrore di vederlo morire dissanguato, il professore, la febbre che se n'era andata. Il suo battito come una carezza.

Uscì dal bagno avvolta nell'accappatoio della madre. I capelli in un turbante fatto con un asciugamano. Piedi nudi, umidi.

"Gioia mia, ti do le pianelle?"

"No, mamma, grazie."

Rosalba andò in cucina, si sedette su una delle sedie di formica. Sua madre la seguì, offrendole un po' d'acqua con l'Idrolitina. La bevve d'un sorso.

"Dove sei stata, gioia mia? Perché non ci hai avvisato che dormivi fuori? Ti sei presa la macchina, e poi?"

"Ero con Marinello."

La libertà di Rosalba, a casa Corona, non era stata mai in discussione. Però bisognava avvisare.

"Scusami, mamma, mi sono dimenticata."

"Ma che avete fatto?"

"Niente, cose in giro, una festa."

"Hai riportato la macchina?"

"No, serviva ancora un poco a Marinello. Poi ve la riporto."

"Io questo Marinello l'ho visto due volte, tuo padre una. È un bel ragazzo, è vero; sicuramente ti vuole bene, ma non potresti scegliere qualcuno più simile a te? Uno della scuola."

"Perché?"

"Io non lo so, ma a papà hanno detto che è proprio parente di quegli Spataro che ogni tanto affacciano sui giornali. Gente potente. Dicono che sono della mafia."

Rosalba voleva capire che cosa sapevano davvero i suoi, quanto la sua menzogna poteva spingersi avanti.

"E allora? Anche se è davvero parente? Che vuol dire? Che è mafioso pure lui?"

"No, amore mio. Però lo sai che è pericoloso qui a Palermo avere a che fare con certe famiglie. Tu vuoi diventare professoressa. Come farai con accanto uno che magari c'ha il padre in galera, il cugino morto ammazzato?"

"Marinello non è mafioso. Io lo so."

La donna guardò la figlia con amore e con paura. Che ne sapeva la sua bambina di mafia? Che cosa poteva conoscere una ragazzina cresciuta tra viale Piemonte, il Garibaldi, Mondello, le feste all'Addaura? Era un mistero per lei che aveva quarant'anni. Ma per Rosalba, una ragazzina?

"E comunque lo amo. I miei compagni sono cretini, lui mi fa fare cose buone, quando sono con lui sento che la vita è bellissima e anche bruttissima."

"In che senso brutta, che vuoi dire?"

"No, niente."

Rosalba capì che le era scappato un aggettivo. Sapeva di avere quel vizio. Natalia, una sua compagna di classe che si era trasferita a Palermo da Venezia, le aveva detto che i siciliani hanno un vizio: esagerare con gli aggettivi. Non era un pensiero suo, le aveva spiegato Natalia, ma di sua madre. Una donna dura, nata a Mestre, che l'abbracciava a stento.

"Ma forse a me i siciliani piacciono proprio per questo: rendono calde e interessanti anche le cose semplici," aveva aggiunto Natalia.

Rosalba voleva bene a quella spilungona veneziana. Però sapeva di esagerare con gli aggettivi.

"Mamma, la brutta vita non vuole dire niente. È un modo di dire. Io so solo che per ora voglio restare con Marinello. Adesso vado da lui, abbiamo un appuntamento. Se non vi serve, mi tengo la Fiesta anche stasera e domani. Tanto voi avete la 126."

Mariapia abbassò gli occhi, toccò la bottiglia di acqua e Idrolitina sul tavolo. La spostò di due centimetri, come se stesse rassettando. Tutto intorno era ordine e pulizia. Guardò sua figlia negli occhi: lunghi, profondi. Così pieni di quel nero, che le fece paura.

"Va bene, amore mio. Se dobbiamo uscire usiamo la 126. Però ricordati che tra poco hai la maturità, devi studiare."

Rosalba si vestì: jeans Bell Bottom e una canottiera gialla aderente.

Abbracciò sua madre: sentì l'odore di casa nei suoi capelli.

Andò alla fermata del 3, segnalata da un palo arancione dritto e da una panchina. E lo prese in direzione opposta.

* * *

"Perché Marinello è ancora vivo?"
"È stato fortunato."
"La fortuna non esiste."
"Ve lo giuro. Dovessi morire all'istante. Oppure…"
"Oppure tu non sei niente."
"Padre, mi dovete credere: io sono sempre il meglio."
"Non dire minchiate: ti diciamo di ammazzare quell'infame di traditore della famiglia e tu ti fai pure sparare."
"Di striscio."

"Sì, ma ti pigliò. E tu, che l'avevi quasi finito, ti fai fottere da una ragazzina."

"Mi è venuta addosso con la macchina."

"Bella fine per il killer dei killer: investito. Mi fai ridere, Peduzzo."

Totuccio non voleva fare ridere nessuno. Giustificarsi davanti a don Cosimo Spataro, suo padre, il capo dei capi di Palermo e provincia, non era una cosa che si meritava. Aveva sempre ammazzato tutti. Non aveva mai avuto necessità di spiegare.

Don Cosimo lo guardava con occhi inespressivi. Non c'era neanche disprezzo nel suo sguardo. C'era niente. E forse era peggio.

"Pigliami lo *zammù*, Totuccio."

Il superkiller si alzò di scatto, come un rottweiler a cui è stato impartito un ordine nella sua lingua madre. Raggiunse la cucina, e tornò con un bicchiere di acqua fredda e una bottiglietta di Anice Unico.

"Padre, quanto?"

"Lascia stare. Ci penso io."

Da trasparente l'acqua divenne lattiginosa, grazie alle gocce che il don lasciava cadere nel bicchiere. Il profumo si sparse nella stanza. Erano seduti intorno al tavolo da pranzo, davanti al centrino ricamato da donna Rosalia Coppola, madre di Totuccio, moglie di don Cosimo, ma soprattutto prima figlia femmina di don Tano Coppola, capo dei capi di Palermo e provincia; fino al giorno in cui il suo adorato genero, don Cosimo Spataro, non aveva deciso che di capo dei capi ne bastava uno.

Fu uno dei primi lavori del giovane Peduzzo: uccidere il nonno, quel signore di campagna che ogni 2 novembre regalava a tutti i suoi nipoti, Totuccio compreso, un'arma a scelta. Il giorno dei morti, a Palermo, per tradizione è festa grande. Festa pagana, di dolci scuri venduti per strada e di doni ai bambini: fuciletti, pistole ad aria compressa, nient'altro che armi. Rosalia Coppola non volle vedere il cadavere del padre: comprese, non accennò ad alcuna ribellione. Moglie era e moglie restò. Moglie del nuovo capo dei capi di Palermo e provincia.

Totuccio guardò il centrino e pensò a sua madre al piano di sopra; con le sorelle ancora da sposare, Carmela e Maria, mentre insegnava loro l'arte del ricamo.

"Padre, ditemi che cosa devo fare."

"Come si chiama la *picciotta* con cui si fidanzò quell'infame?"

"Rosalba Corona."

"Tu lo sai qual è il problema: Marinello si rifiuta di ammazzare e di fare il giuramento. E noi non possiamo metterci in casa un'estranea, una di una famiglia dove non ci sono *combinati*. Questo Corona, poi, dicono che ci crea problemi pure con la vendita dell'acqua. Ci strozza sul prezzo. Guadagniamo meno da quando c'è lui."

"Cosa posso fare?"

"Ammazza lui e sua moglie: Marinello e quella *buttana* della sua *zita* capiranno il messaggio. Giusto?"

"Giusto."

Don Cosimo finì il bicchiere di acqua e *zammù*. Stava dando una seconda opportunità a quel figlio che era davvero un bravo *picciotto*.

"Quanto spettacolo devo fare?"

"Poco, tanto chi deve capire capirà."

* * *

L'uomo che accese la luce si chiamava Tommaso Buscetta. Fino al giorno in cui cominciò a raccontare come funzionava la mafia, si viaggiava nel buio dell'ignoranza. La prima cosa che il boss dei Due Mondi spiegò al giudice Giovanni Falcone è che la parola "mafia" non esiste: per gli affiliati si chiama "la Cosa Nostra". La seconda è che il governo mafioso è in mano alla "commissione", detta anche "cupola". La terza è che per diventare mafioso si deve prestare giuramento.

Non solo. Il primo grande pentito chiarì che per diventare mafioso, cioè "combinato", bisogna possedere certi requisiti: non essere imparentato con uomini dello Stato; condurre una vita morigerata, senza eccessi di amanti, figli illegittimi, fidanzate; dimostrare coraggio, obbedienza e valore criminale.

Dopo un periodo di osservazione, il futuro picciotto viene chiamato per il giuramento, che consiste in un breve rito compiuto in una casa privata. Lì incontrerà almeno tre uomini d'onore della "famiglia" nella quale entrerà. Il più anziano dei presenti pronuncia alcune frasi, spiegando che la Cosa Nostra è nata a fin di bene, per proteggere i più deboli. Poi, con una spina d'arancio amaro, buca il dito al candidato, e fa cadere alcune gocce di sangue su un santino che viene bruciato. Il neomafioso deve concludere il giuramento con le parole di rito: "Le mie carni dovranno bruciare come questo santino se non manterrò il giuramento."

Marinello aveva detto: "No, grazie."

* * *

Pomeriggio al giornale. Sfogliavo le pagine sportive del "Sicilia": il Palermo aveva fallito la promozione in serie A. Leggevo gli articoli come fossero necrologi. Alle sette dovevo vedere due ragazzi del Garibaldi che conoscevano Rosalba Corona. Davanti a me, mezz'ora di noia.

Il suo numero era appuntato sull'angolo in alto a destra del calendario, grande quasi quanto la mia scrivania, su cui poggiavo ogni cosa: macchina per scrivere, tazze di caffè, bloc-notes, penne, sigarette.

Chiesi al centralino la linea interurbana: 02.

"L'avvocato è in casa?"

"Come va nella tua città assassina, scemo?"

"Ciao, Sofia."

"Ma voi palermitani andate al mare o soffrite e basta?"

"Spesso è il mare che viene da noi: l'anno scorso si è preso due ragazzi sulla diga foranea. Onde altissime, tempesta, atmosfera molto Melville."

"Sei inutilmente drammatico: parlavo di costumi da bagno."

"Faccio pesca subacquea."

"Un modo come un altro per continuare a uccidere."

"Sofia, davvero in casa non c'è l'avvocato? Sai, preferirei parlare con lui…"

Rise: "Va bene, non ho niente contro la pesca. È che odio le barche. Aumentano il mio senso di instabilità."

"Io pesco da sotto il pelo dell'acqua. Lì si è stabili, te lo assicuro: come cadaveri galleggianti. La verità è che io le barche invece le amo."

"Peggio per te."

"D'accordo, facciamo un gioco. Se ti dicessi: Sofia, salta su, andiamo da Vulcano a Lipari e poi a Salina, a vedere il mare più bello del mondo, a sentire sul viso il vento più leggero del mondo, a prendere il sole più…"

"Non prendo sole, non vado in barca. Quindi ti direi no."

"No e basta?"

"No e basta."

Mi piaceva di lei il calore umano, la sua capacità di smussare gli angoli. La salutai con il tono di uno skipper deluso, mentre guarda i suoi ospiti vomitare. Tempo sprecato, mare sprecato. Non le avevo neanche chiesto com'erano venute le foto del servizio pubblicitario. Forse era meglio la noia.

Presi le chiavi della Vespa, i Ray-Ban, e raggiunsi i due ragazzi del Garibaldi.

Mi aspettavano davanti al bar Crystal, il tempio della torta Savoia: un'alternanza di strati di crema al cioccolato e pandispagna compresso; una mattonella circolare di piacere puro, rivestita da una colata di cacao raffreddato.

Lei si chiamava Antonia, era bionda, occhi castani, indossava dei jeans Lee e una canottiera rosa. Lui, Filippo, il suo fidanzato, mi disse di essere un nuotatore: fisico asciutto e forte, mascella americana, capelli corti. Lo immaginai con gli occhialini e la cuffia di gomma: perfetto. Erano venuti con il loro Boxer blu. Compagni di classe, terza B. Una sezione diversa da quella di Rosalba, ma lei e Antonia erano state amiche e si erano viste fino all'estate prima.

"Poi arrivò questo ragazzo, Marinello, e lei sparì: la incontravo solo a ricreazione. Ciao, come stai, e arrivederci. Niente più discoteca insieme, niente feste. Alcune sue compagne di classe mi hanno detto che a scuola ha continuato ad andare bene, ma era distratta. Pensava ad altro."

Le chiesi della famiglia di Rosalba.

"La mamma veniva ogni tanto agli incontri con i professori. Una signora molto educata. Mia madre mi disse che il papà di Rosalba lavorava al comune, o all'Amap... Non mi ricordo."

Filippo rimase in silenzio. Si stiracchiò davanti a me, tendendo con i pettorali la maglietta: temetti la strappasse.

Li ringraziai, montarono sul loro Boxer e se ne andarono lungo via Sciuti. Dentro di me il bilancio della conversazione: Rosalba era di buona famiglia, aveva conosciuto un *malacarne* e la sua vita era cambiata.

In Vespa, mentre tornavo a casa da Fabrizio e Cicova, riflettei sulla durezza di Sofia. Mi aveva sorpreso quel suo no senza appello. Pensai che la vita è fatta di cedimenti, che il piacere non è restare aggrappati con le unghie a una parete di certezze, ma lasciarsi scivolare, con la gioia incosciente di un bambino che rotola giù da una duna di sabbia. Avevo ventitré anni, cercavo dune alte da cui buttarmi.

* * *

Marinello era in piedi, stava tirando su la cerniera dei jeans e fece una smorfia. Rosalba cercava qualcosa nella borsa.

"Cuore mio, le chiavi le avevi messe sul tavolino."

"È vero."

Era bellissima, e asiatica, pensò Marinello. La canottiera gialla era tesa sul seno appuntito. Gli occhi, dopo la notte quasi insonne, si erano allungati ancora di più. E lo sguardo era fiero; la ragazza borghese stava imparando la lezione della città-mattatoio: non si abbassano gli occhi, è cosa da vittime.

"Vado a prendere la macchina, ti faccio due colpi di clacson, esci e andiamo."

"Andiamo a Ciaculli."

"No, ti prego."

"Io lo voglio aspettare e fare a pezzi."

"Hai giurato di non uccidere."

"A te. L'ho giurato a te. Ma ammazzare Totuccio non è un delitto: è pulizia."

"Sangue mio, non devi farlo. Tu sei diverso da loro. Tu hai me, dobbiamo andare a vivere lontano da qui, tu non vuoi la morte degli altri sulla coscienza."

Gli altri: la sua famiglia, la sua condanna. Marinello la guardò con tutto l'amore che nell'isola è permesso. Sapeva che aveva ragione, la vendetta avrebbe significato accettare la condanna a vita: occhio per occhio, mafia per mafia. No, lui non era un mafioso.

La strinse a sé, carezzandole la schiena. La sua mano grande risalì, fermandosi sotto i capelli neri legati. Esercitò una leggera pressione con indice e pollice sulle spalle morbide, che le fece chiudere gli occhi. L'aria intorno a loro era spessa.

"Va bene, amore mio. Andiamo via."

* * *

In un'officina di Brancaccio, Totuccio stava provando a spegnere e riaccendere un'Alfetta. Il quattro cilindri si faceva sentire.

"Loro saranno dentro la 126. Li accostiamo, mentre Tano con la Honda li blocca davanti."

Tano fece di sì con la testa. Era basso, muscoloso, e indossava una maglietta nera girocollo su dei pantaloni beige, alla zuava. Ai piedi, dei sandali di cuoio. Appoggiati al bancone degli attrezzi, altri due *picciotti* stavano controllando i tamburi delle Smith & Wesson 357 Magnum.

"Lo facciamo domani pomeriggio, verso sera," disse Totuccio. "Ogni giovedì vanno a fare la spesa alla Standa. Lui guida, lei accanto."

Tano annuì: gli piaceva l'idea di ammazzare qualcuno che faceva la spesa.

"Però ti porti pure il mitra piccolo, quello Uzi. Non si sa mai. Certo è che non risponderanno al fuoco, ma se non siamo bravi subito, meglio innaffiarli con una bella pioggia."

Tano sorrise. Anche il mitra Uzi gli piaceva: corto quanto un sedano, leggero quanto un sedano, ma più pericoloso.

Intervenne anche uno dei due *picciotti*. Indossava una maglietta mimetica e teneva le sigarette sotto la manica corta rovesciata.

"Totuccio, puoi stare tranquillo. Dove devono andare quei due minchia? Si faranno ammazzare buoni buoni."

I due minchia erano il dottor Arcangelo Corona e la sua signora, Mariapia Cuzzupane coniugata Corona. Il messaggio era stato messo in una buca. Ora andava consegnato.

* * *

"Sofia, io ti ho capito."
"Cosa?"
"Vorresti vivere qui in Sicilia."
"Sei pazzo."
"No, è che le ragazze come te mi smuovono l'anima: capisco tutto quel che dicono e, soprattutto, quel che non dicono."
"Che cosa non ho detto?"
"Le cose più importanti."
"Tipo?"
"Che Milano non è per te, il grigio non è cosa tua, vorresti il mare, però dalla terraferma. Si può fare. E poi vorresti qualcuno che ti tiri fuori dalla storia con l'avvocato."
"Sei veramente fuori di testa."

"Seguimi: hai fatto qualcosa di male? Hai commesso reati? No. E allora perché hai bisogno di un avvocato?"

Rise. Un amico, al liceo, mi aveva detto che quando fai ridere una donna sei già oltre la metà del lavoro. Io non ho mai saputo sedurre nessuno. Succedeva e basta.

"Devi smetterla con questa storia dell'avvocato," disse sforzandosi di tornare seria.

"Ok. Ho deciso…"

"Mi fai paura quando dici che hai deciso."

"Ho deciso di darti una possibilità. Tu e la Sicilia: occhi negli occhi."

"Cioè?"

"Vieni ospite da me, un fine settimana lungo. È estate. Non vorrai dirmi che devi scattare per tutto luglio e agosto foto di camicie da notte?"

"Sei pazzo, però la sfida mi piace."

Non credevo che stesse dicendo sul serio.

"Cioè, prendi l'aereo e vieni?"

"Forse domani."

"Non ti pigliare gioco di me, Sofia. Sono un ragazzo sentimentale."

Rise: la parola "sentimentale" a una come lei doveva sembrare una battuta di spirito.

"No, dico sul serio. Mi hanno annullato un lavoro, sono libera da domani fino a domenica: quattro giorni a Palermo. Ma a una condizione."

"Quale?"

"Che non provi neanche a sfiorarmi."

"Ma stai scherzando? Non lo farei mai."

Non ho mai saputo quanto abbia apprezzato la menzogna.

L'indomani mattina alle undici ero a Punta Raisi ad aspettare la ragazza più bella e dura che avessi mai conosciuto.

Ci scambiammo due baci sulle guance, presi la sua valigia, la caricai sulla R4 arancione che mi ero fatto prestare da Fabrizio, e costeggiando il golfo di Capaci, in una delle giornate più luminose della mia esistenza, ci dirigemmo verso casa.

"Questa è la tua stanza, di là a destra c'è il bagno. Fabrizio, il mio amico del cuore, dorme sul soppalco, io nella stanza in fondo. La vuoi vedere?"

"No, grazie."

"Tu fai con calma, devo andare al giornale ma torno presto, oggi è mezza vacanza per me. Ho detto che avevo ospiti dal Nord."

Sorrise, lasciando partire una scintilla dai suoi occhi verdi frutta di Martorana.

Alle sette ero di ritorno. Sofia aveva fatto un giro nel quartiere, scoprendo che le *panelle* sono meglio dei *cazzilli*, cioè le *crocchè*, e i cannoli riempiti all'istante sono una cosa che hanno inventato a Milano, per darsi importanza. Se il cannolo è buono lo è dal mattino, quando viene preparato, fino a sera. E lei ne aveva trovato uno davvero delizioso alla pasticceria Macrì.

Aveva conosciuto Fabrizio, che però era dovuto uscire presto per raggiungere la fidanzata, e aveva dato da mangiare a Cicova, riducendolo all'istante a uno stato di schiavitù. Sofia aveva qualcosa di speciale. Maledetto avvocato milanese.

Ora era pronta per la nostra prima serata palermitana: minigonna bianca, camicia di lino beige, espadrillas coi lacci.

Squillò il telefono.

"Bello mio, è il centralino: il capocronista ti sta cercando."

***

La 126 aveva imboccato viale Lazio, diretta al quartiere Passo di Rigano, dove c'era la Standa più grande di Palermo. Il giovedì pomeriggio era il momento migliore per fare la spesa. Poca gente, e parcheggio facile nello spiazzo davanti.

Arcangelo Corona era alla guida dell'utilitaria e sua moglie accanto, con in mano le sporte di rete dai manici intrecciati. Ne aveva quattro. Era soddisfatta del proprio senso pratico e dell'economia che riusciva a garantire alla famiglia.

Arcangelo era uscito prima dall'ufficio, come ogni giovedì, per accompagnare la moglie. E pensava a quello che aveva lasciato: non un grande caos, però quella telefonata all'acquedotto di Termini Imerese avrebbe potuto farla.

"Pazienza, domani mattina," mormorò.

"Che dici, Arcangelo?"

"No, niente. Pensavo ad alta voce."

Mariapia guardò l'uomo che le stava accanto: la giacca grigia leggera, gli occhiali con la montatura nera di plastica, il naso proporzionato, le rughe che segnavano in verticale il viso. Erano stati due ragazzi. Si vide, per un istante, da fuori: una donna di mezz'età, senza fascino, con l'abito di fibra sintetica, le scarpe con il mezzo tacco e i capelli legati nel *tuppino*. Amava quell'uomo che l'amava così com'era, com'era sempre stata. Si dimenticò che ventidue anni prima Arcangelo aveva perso la testa per i suoi occhi, lunghi come quelli che avrebbe dato a Rosalba, per il suo sguardo denso e la tenerezza che riusciva a mettere in ogni gesto. Una donna siciliana impastata di materia viva, con il carattere del mare al mattino d'estate: fermo, tiepido.

Mariapia si aggiustò il vestito, che tirava sul sedile in sky, e sorrise a suo marito.

"È bello pensare ad alta voce," disse con tenerezza.

Nessuno dei due si accorse dell'Alfetta che da un paio di minuti li seguiva.

In fondo a viale Lazio, dove lo stradone si congiunge con la Circonvallazione, una motocicletta con due uomini dal volto coperto da caschi integrali sbucò da una traversa, piazzandosi davanti alla 126.

Fu questione di un attimo.

La moto frenò, Arcangelo affondò il piede destro sul pedale del freno, Mariapia venne sbalzata in avanti e mollò le retine, che caddero tra i suoi piedi. Un'auto grossa e scura era già al loro fianco. Uno dei due scese dalla moto, aveva in mano una pistola. Dall'auto smontò un terzo uomo.

Arcangelo e Mariapia sentirono un grande bruciore alle mani, al petto, alle gambe, alla testa. Poi più niente. I loro corpi erano carne morta, immersi nel sangue che continuava a fuoriuscire dai fori causati dalle 357 Magnum.

L'autista di un autobus che procedeva in direzione opposta lungo viale Lazio vide le fiammate, sentì il frastuono delle armi, ma decise di andare dritto alla fermata successiva. Altre due auto neanche rallentarono.

Totuccio tornò a bordo dell'Alfetta. L'altro killer montò dietro, sulla Honda. Si diressero verso la discarica di Bellolampo: un'altra auto e un'altra moto da bruciare. Messaggio recapitato.

* * *

Il capocronista aveva l'allarme incorporato nel tono di voce. Le sue parole sembravano una sirena intermittente.

"Vai di corsa. Viale Lazio. Duplice omicidio. Non si sa niente. Dicono cosa grossa."

Con la cornetta incastrata tra spalla e collo guardai Sofia. Era in piedi lì davanti, con la sua minigonna che faceva scempio di me.

"Va bene, capo. Corro."

Riattaccai.

"Sofia, scusami, un piccolo contrattempo di lavoro. Dovrei andare a vedere una cosa. Non ti dispiace se prima di cena passiamo di lì, dove mi ha detto il mio capo?"

"Gli hai già risposto che vai. Vuoi lasciarmi ancora qui da sola?"

Non sembrava innervosita, era soltanto secca: cominciavo a capire che quello era il suo tono naturale.

"No, vorrei che venissi con me, così poi…"

Non mi fece finire.

"Così poi niente. Vengo con te. Vediamo questo lavoro."

Per montare sulla Vespa, dovette tirare ulteriormente su la minigonna. Avrei voluto essere un passante.

Andammo verso viale Lazio. Non era lontano.

Già a metà dello stradone, i lampeggianti blu e una piccola colonna di macchine ingorgate indicavano l'area del delitto. Un poliziotto ci fermò.

"Sono del giornale."

"Anche la signorina?"

"No, lei è la mia fidanzata: mi sta accompagnando."

Sofia mi piantò un'unghia nel fianco.

"Va bene, passate."

Smontammo dalla Vespa a una dozzina di metri dalla 126. Vedevo i flash della scientifica illuminare la scena. Due figure riverse sui sedili. Sangue ovunque. Un funzionario che conoscevo ricambiò il mio saluto, guardando Sofia.

"Brutta storia."

"Chi sono?" chiesi.

"Li stiamo identificando. Abbiamo preso i documenti dal portafoglio di lui e dalla borsetta di lei. In centrale stanno controllando la targa della 126."

Feci altri cinque passi, e Sofia mi strinse la mano.

Visti da fuori eravamo una coppietta che contemplava non un tramonto, ma una coppia di cadaveri.

Sofia si volse verso di me, aveva gli occhi lucidi.

"Io non ho mai visto un morto," sussurrò.

L'uomo aveva mezzo viso demolito dal colpo ravvicinato di pistola. La donna era come raggomitolata. Una massa umana piccola, rossa di sangue.

"Se vuoi puoi aspettarmi al bar dall'altra parte della strada."

Non mi rispose, strinse ancora di più la presa della mia mano. Non insistetti. Tra gli agenti al lavoro notai Salvo, il mio amico della Catturandi. Mi tirai dietro Sofia e lo raggiunsi.

"Ma chi sono questi due? Perché pure una donna?"

"Te l'avevo detto. Storia brutta, quella di piazza Scaffa. Sono i genitori di lei: i Corona, Arcangelo e Mariapia. Ammazzati come cani, solo per dire a Marinello che l'amore non è tutto."

Qualche giorno prima avevo letto in un romanzo una battuta che mi aveva innervosito. La protagonista, una donna insopportabile, diceva: "Dio, quanto è sopravvalutato l'amore." Sarebbe andata d'accordo con la famiglia Spataro, pensai.

"Grazie, Salvo."

Sofia mi aveva lasciato la mano, stava accanto a me impietrita. Milano-Palermo, moda-mafia, vita-morte. Quando era arrivata a Punta Raisi, poche ore prima, avevo sperato che tra me e lei potesse nascere un amore, oppure solo un'amicizia cementata da qualche giorno di sesso spensierato. Invece avevo accanto una giovane donna costretta a crescere in una sola sera, prigioniera di un incubo che non avrebbe mai immaginato, nella sua vita milanese.

"Io…" Mi riprese la mano.

Un agente quasi la travolse. Stava facendo largo alla polizia mortuaria che avrebbe dovuto rimuovere i cadaveri.

"Io non so se questa qui è la vita vera."

"No, Sofia, non lo è. Non per voi. Lo è per noi, per noi non c'è altro. Uscire per andare a cena, passare a vedere un paio di morti ammazzati, andare al ristorante, ordinare un arrosto panato, ridere, scherzare, provare a dimenticare."

Mi abbracciò lì, tra poliziotti, sirene in lontananza, barellieri, fotografi, telecamere grandi come cassapanche, assistenti operatori con un faretto in mano, giornalisti televisivi, immondizia. Sentii il suo cuore, le baciai i capelli. La trascinai via, verso la Vespa, convincendola che era meglio se fossimo andati a cena da qualche parte, nel centro storico, invece che a casa. Distribuimmo il peso della morte sulla bellezza arabo-normanna che le avevo promesso. La bellezza uccide la morte: Yasunari Kawabata. Una delle poche divinità che all'epoca riconoscevo.

Sofia ripartì quattro giorni dopo. Facemmo per la prima volta l'amore la sera in cui uccisero i Corona. Poi lei pianse: il suo avvocato non l'aveva addestrata a un tale concentrato di emozioni. Nei giorni che seguirono, credetti di aver conquistato quella ragazza grazie a un delitto: una sensazione non raccomandabile.

Ci salutammo con un bacio, nella hall di Punta Raisi. Era il 1982. Ognuno voleva lasciare all'altro una traccia d'amore, e il bacio, in questo, vale più di ogni altro lascito.

Non ricordo il nome di tutte le donne con cui feci l'amore in quegli anni; ricordo però le labbra mie e quelle di Sofia che non volevano separarsi, il senso di appartenenza che ognuno trasferì all'altro, mentre una hostess dell'Alitalia, con la bustina in testa e la longuette, diceva: "Carta d'imbarco, prego."

* * *

Milano, gennaio 2002. Titolo: "Droga: arrestato boss siciliano latitante in Spagna." Testo: "Marinello Spataro, 45 anni, della famiglia di Ciaculli, è stato arrestato ieri sera dalla polizia spagnola con l'accusa di traffico internazionale di stupefacenti. È stato catturato al porto di Almeria su una nave nella quale aveva nascosto 50 chili di hashish provenienti dal Marocco. L'uomo ha subito ammesso la propria identità. Le autorità spagnole gli hanno anche notificato un mandato di cattura per rapina aggravata, emesso 18 anni fa dalla magistratura palermitana. Secondo la polizia italiana, Spataro è l'unico componente dell'omonima famiglia di Ciaculli (Palermo) a non avere imputazioni per mafia o per omicidio. Agli inquirenti spagnoli, Marinello Spataro ha chiesto di poter vedere in carcere sua moglie Rosalba, che risiede a Malaga, e i due figli, Arcangelo e Mariapia."

Sento un brivido. Uno degli effetti collaterali della memoria. Ripenso a quella 126. Al mio amico Salvo, poi ucciso in un bar di Palermo da una squadra di killer corleonesi. A quei due ragazzi davanti al bar Crystal che mi avevano parlato di Rosalba. E poi ripenso a me e Sofia, abbracciati all'aeroporto; amore perduto di un'età ingiusta.

Piego il foglio di carta con la notizia di Marinello e chiamo il mio vice: "Antonio, per favore, su questo arresto in Spagna fai fare una breve agli Interni. Magari qualcuno si ricorderà ancora di lui."

SOPHIE

Un amore

Milano, dicembre 2010

Vorrei poter rimettere tutto in ordine, chiudere gli armadi dopo aver sistemato ogni ricordo sul ripiano giusto. So che non mi riuscirà.

Mi capita una foto di lei tra le mani, non la guardavo dai primi anni Ottanta. La sfilò dal suo book e me la regalò, senza dirmi dove e quando gliel'avevano scattata. Non lo seppi mai. Oggi posso solo intuire, da alcuni dettagli, che fosse moda francese del tempo. Una robe-manteau in un tessuto morbido bianco e nero, il disegno pied-de-poule gigante, lei che vi si avvolge con un gesto di ritrovata protezione, la spalla sinistra più alta, la testa reclinata, quasi fosse una donna all'addiaccio, sorpresa davanti a una boutique di Yves Saint Laurent, in attesa di essere salvata. Ha un viso incantevole, occhi spalancati sul futuro, verde-azzurri o forse grigio-azzurri, occhi giganteschi definiti da ciglia lunghe, narrative, ciglia che raccontano una storia per ogni sguardo. I suoi capelli sono di un biondo ramato, quasi rosso, anche se nei miei ricordi lei è una bionda assoluta, una rappresentante, dal taglio corto e mosso, della "biondezza" di Veronesi.

La sua foto mi costringe a tornare indietro. Penso ai ventisette anni passati, alla strada che ognuno di noi ha fatto, alle delu-

sioni che con ostinazione, senza sosta, cercano di bilanciare ogni illusione.

In quell'estate dell'83 ci eravamo illusi. Poi diedi a lei, incolpevole, una delle sue più grandi disillusioni, con la quale per la prima volta provo a fare i conti.

Se la vita fosse un processo, il racconto che segue sarebbe un'arringa pronunciata da un difensore disperato.

C'è una vittima, c'è un carnefice.

E non c'è stata giustizia.

Palermo, luglio 1983

Un oggetto spugnoso della dimensione di una piccola mela. Era lì davanti, sull'asfalto, tra rottami che fumavano, calcinacci, pietre. Mi chinai per capire cosa fosse: era un calcagno. Una parte di piede staccata e spellata dall'esplosione. Riconobbi la struttura dell'osso, ebbi un conato di vomito. Intorno a me rumori forti, le sirene delle auto di polizia e carabinieri che continuavano ad accorrere, il movimento nervoso degli uomini quando, di fronte a un fatto imprevedibile, non sanno dove andare, cosa dire. Alcuni ufficiali urlavano ordini che nessuno eseguiva, vedevo le loro bocche spalancarsi ma non sentivo niente, né le sirene, né le urla: era come se qualcuno avesse scollegato le casse dell'amplificazione. Solo video. E nel video io ero fermo davanti a quel calcagno, indossavo dei jeans rossi stinti e una camicia bianca, le mie Adidas tra i detriti che coprivano la strada. Guardai a sinistra. A pochi metri da me vidi il corpo a cui apparteneva quel piede. Era scomposto sul marciapiede, macchiato di molti colori: il vermiglio del sangue, il bianco dell'intonaco, il grigio dei pezzi di ferro conficcati nella carne. Forse era un ragazzo della scorta, forse il portiere dello stabile. Il suo viso era irriconoscibile, la sua identità sarebbe stata definita più tardi. Non c'era alcuna ragione per avere fretta. La morte si era presa tutto il tempo, noi vagavamo nell'orrore.

Era una mattina di fine luglio; avevano appena fatto esplodere un'autobomba nel centro di Palermo per uccidere un magistrato buono. Ci erano riusciti: con il giudice ne morirono altri cinque.

Quel giorno, per me, avrebbe dovuto essere dedicato allo smaltimento dell'alcol. La notte prima avevo fatto tardi nella piscina di un amico, a Mondello, per festeggiare la laurea della sua ragazza. Faceva caldo, nelle notti di luglio, un caldo umido che metteva in evidenza le forme dei nostri corpi, appiccicando i vestiti ai muscoli, al grasso. Finita la cena ci spogliammo restando in mutande, slip, reggiseni, e poi in piscina a caccia di quel refrigerio che a Palermo, d'estate, è ricerca pura; ricerca di base da fisici della materia. L'acqua era tiepida, il differenziale di temperatura minimo, ma almeno, una volta immersi, veniva azzerato l'effetto tropicale dell'aria umida. Posammo sul bordo di cotto due bottiglie di spumante, il whisky, la vodka, quella sì, ghiacciata, e i nostri corpi trovarono una via di fuga. C'erano coppie che nel buio dell'acqua volavano via come palloncini, sospinte dalla levità dell'alcol. Ci si sfiorava, ci si toccava, nessuno si scambiò baci illegali, ma le mani andarono libere, rendendo eccitanti il nostro tempo in piscina e persino la laurea in giurisprudenza della nostra amica che nella notte, distrattamente, poteva ricordare una Liz Taylor giovane e pronta a tutto.

Avevo ventiquattro anni, facevo il giornalista, e come un personaggio ingenuo di Flaubert pensavo che tutto fosse ancora possibile. E in parte lo era.

Alcuni lasciarono la festa alle due, altri aspettarono non si sa che. Io ero tra questi: sotto il pelo dell'acqua tiepida e azzurrina avevo resistito alla concupiscenza di una giovane moglie, mentre una ventenne romana conosciuta per via tattile, del tutto uguale a Barbra Streisand in *Ma papà ti manda sola?*, decise di venir via con me, sul mio Vespone grigio, vestita solo di un lenzuolo bianco che sembrava un abito da sera di Fausto Sarli. Si chiamava Livia, aveva occhi nocciola allungati su un naso, appunto, alla Streisand, una bocca che sembrava quella di Man Ray e un seno che contribuì a spiegarmi il significato della parola "seno".

Mi abbracciava, allacciata al mio ventre allora piatto, mentre io, tornando da Mondello, provavo a ricordare dove abitavo. L'aria tiepida della notte palermitana asciugava i nostri capelli. L'alcol era stato tanto, il desiderio era solo sopravvivere. Io, lei, la Vespa. Al sesso saremmo arrivati, o forse no. In quegli anni non c'erano grandi aspettative intorno a quella parola. Si faceva sesso, si inventava sesso, si negava sesso: ogni giorno era un calendario erotico senza impegni presi. L'Aids si limitava ad apparire in qualche notiziola stravagante proveniente dagli Stati Uniti.

"Di là dorme Fabrizio, questa invece è la mia stanza."

Livia si lasciò guidare nell'appartamento che dividevo con il mio migliore amico. La visita si concluse sul mio letto.

Quella mattina fui svegliato da un rumore più forte della mia sveglia che alle sei e mezza – elettrica e precisa – aveva fatto il suo dovere, zittita però da me in piena incoscienza postalcolica. Il rumore proveniva dal rotore di un elicottero che batteva le pale a qualche centinaio di metri sulla verticale di casa. Era un'estate di mattanza, un paio di cadaveri al giorno, ma gli elicotteri di polizia e carabinieri si alzavano solo se il crimine era "enorme". Quella mattina doveva essere accaduto qualcosa di "enorme", e io ero a letto, nudo, con accanto una giovane donna che faceva versi da risveglio difficile.

Saltai giù, chiamai il giornale, e il centralinista mi disse dell'autobomba.

"È successo poco fa. Il capo dice che devi andare subito, che sei uno stronzo perché non sei qua… Corri."

Sfiorai il sedere di Livia, le dissi che la colazione era di là, un là imprecisato che dislocavo a metà strada tra le mani del destino generoso e quelle del mio amico Fabrizio ancora chiuso nella sua stanza. Mi lavai i denti, misi i jeans rossi e la camicia bianca che avevo la sera prima, afferrai Ray-Ban, chiavi della Vespa, sigarette e portafoglio, e cominciai la mia gimkana in una Palermo paralizzata. Un misto di paura e choc, nervi spezzati, odore di tritolo esploso nell'aria, percepibile già a cinquecento metri dal cratere urbano.

Dopo un'ora passata sul luogo dell'attentato, andai al giornale. L'usciere non sorrise, si limitò a inarcare le sopracciglia: "Fu terribile, vero?" La giornata scorse nevrotica: noi cronisti a scrivere pezzi di morte, impaginare foto orrorifiche, titoli gridati; gli strilloni a urlare per strada, con un pacco di giornali appoggiati sul braccio sinistro: "*Quanti nni murieru!*", quanti ne sono morti. La sera non arrivava mai e quelle lunghe giornate non ci aiutavano a dimenticare, a trovare tregua. Eravamo giovani testimoni di una strage e non sapevamo come far capire al mondo quel che succedeva sotto i nostri occhi. Testimoni senza parola, giornali stampati con inchiostro bianco.

* * *

La sera, per me, sopraggiunse afosa e dolente. Ci disperdemmo in una Palermo che, lontana dal cratere, poteva sembrare una città di mare colta in un momento caotico ed estivo. Non il mattatoio che era diventata. Tornato a casa, vidi la segreteria lampeggiare.

"Compare, c'è una festa a casa di Totino, a Vergine Maria. Chiamami che ti dico tutto." Era Paolo. Non lavorava: si capiva da tante piccole cose, il messaggio era una di queste.

Mi feci una doccia a temperatura ambiente, trentotto gradi. Indossai dei Wrangler scuri e un'altra camicia bianca. Trovai un biglietto di Livia, sotto la leva blocca-carrello della mia Olivetti Lettera 22: "Sono stata bene: Palermo mi piace. Ciao. Livia." Lo piegai e lo misi sul comodino. Piaceva anche al giudice e alla sua scorta.

Richiamai Paolo.

"Sono io. Che è 'sta festa?"

"Ma che hai fatto finora?"

"Raccolto cadaveri."

"Ti sei lavato almeno le mani?"

"Smettila, non ho voglia."

"Invece dovresti: Totino ha invitato nella sua tonnara un sacco di gente graziosa."

"Chi c'è?"

Mi fece una serie di nomi che non avevo mai sentito. Poi disse: "Ah, c'è pure Elena con una sua amica belga."

Due ore dopo ero a Vergine Maria. La notte si annunciava con la sua afa in diminuzione, il cielo sul mare pieno di stelle, il mio umore simile a quello dei narcotizzati.

La tonnara di Totino era uno dei pochi luoghi della *Palermo felicissima* sopravvissuti alla ferocia del Novecento. Da lì, un secolo prima, partivano le lance per la mattanza. La "camera della morte" veniva disposta dal *rais* davanti a quella che ora era una provinciale costiera tutta buche e immondizia; nel 1880 era un paradiso della pesca, a cinque chilometri dalla città postborbonica. La tonnara era sempre appartenuta alla famiglia di Totino, i Guardalbene di Santa Flavia. Niente più soldi sul finire del secondo millennio, ma diverse proprietà in decadenza e grande fascino personale. Totino era uno di quegli *hidalgo* siciliani che a trent'anni hanno fatto tutto meno che banalità da trentenni. Aveva trascorso due stagioni in Madagascar, dove si era guadagnato da vivere recuperando relitti sul fondo del mare; aveva preparato cocktail in un albergo di Berlino Ovest e aveva intrapreso uno sfiorente commercio di fiori nella New York dell'81. Di recente si era chiuso in casa, nella tonnara, per esplorare i rapporti tra preamplificazione e amplificazione. Quell'estate intendeva mostrarci i risultati dello studio. Il suo giardino era baciato da una qualità del suono perfetta. Totino e io eravamo legati da un comune credo: la musica degli anni Ottanta non andava ascoltata. Quello che gli uomini dovevano dire in fatto di rock era già stato detto nel decennio precedente. Così, quella sera, sui due piatti Thorens giravano solo Pink Floyd, Led Zeppelin, King Crimson, Yes, Deep Purple, Emerson Lake & Palmer, Genesis: il linguaggio che ci consentiva di intenderci a prima vista. A primo ascolto.

Scorsi la sagoma di Paolo in giardino, dove Totino aveva sistemato una specie di pista. Mi avvicinai. Si era perso in un improbabile *Money* ballato lento con una ragazza bassa dai capelli rossi, dal viso rosso e dalle labbra rosse.

"Paolo, io ci sono," li interruppi regalandole la libertà. La ragazza, sciolta dall'abbraccio, mi fece un cenno di saluto e filò via. Le sue labbra rosse mi piacevano. Paolo mi avrebbe voluto aggredire. Si limitò a dirmi: "Che cazzo."

"Ok, scusa. Che ne sapevo che la tenevi prigioniera?"

Paolo mi chiese della giornata, con la vaghezza di chi vive in un pianeta diverso dal tuo e si interessa per pura cortesia ai guai della tua specie.

"Tutto bene alla fine?"

"No, tutto male. Siamo destinati all'estinzione," risposi.

"Guarda che siamo a una festa, non puoi rompere la minchia così."

"È stata una giornata pessima, Paolo. Troppo sangue. Palermo ci annegherà."

Paolo comprese dal mio sguardo che non volevo rendermi interessante agli occhi di donne che non c'erano, che non stavo recitando la parte di un personaggio alla Chandler, che non ero sceso da Chinatown con il naso fatto a fette. Era semplicemente così: stavamo annegando nel sangue. Lui non sapeva di chi. Io sì.

"Va bene, prova a non pensarci per due ore. Fammi 'sta promessa." Mi oltrepassò con lo sguardo, i suoi occhi si accesero: "Oh, c'è Elena."

Veniva verso di noi con un sorriso sulle labbra, tenendo per mano una ragazza bionda ed esile più alta di lei, più bella di lei, e non era poco. Elena aveva vent'anni e vestiva come tutte le nostre sorelle, le nostre amiche: jeans scivolati sui fianchi, camicie aderenti che descrivevano il seno, oppure magliette elastiche dai colori solidi, perché noi eravamo di sinistra e i colori pastello li lasciavamo ai fasci. Per alcune non esattamente dotate, quella divisa era la tomba di ogni avventura, ma per ragazze come Elena era l'esatto contrario. I suoi occhi meridionali, caldi in ogni sguardo, la sua voce bassa, i suoi capelli pece, spessi e lucidi come quelli di un'asiatica, le sue forme di donna rivelate dai passi e quel sorriso con cui ci veniva incontro facevano di lei, per Paolo, per me, per il nostro gruppo di amici, l'album femminile da sfogliare, il catalogo dei desideri e, incredibilmente, anche dell'amicizia. Stare con lei era facile, *stare* con lei era difficile. Elena ballava, voleva diventare una *étoile*, ed era andata in Belgio a studiare. Ma non aveva il dono, come le aveva detto una spietata *madame* dell'École di Maurice Béjart, dove aveva seguito un corso trimestrale. Era tornata indietro assaporando la sua prima frustrazione. Lei, figlia di uno dei più grandi borghesi della città, figlia di intellettuali, figlia di una madre geniale e bellissima, raffinata scultrice.

I mesi di Bruxelles con Béjart avevano lasciato in eredità a Elena, oltre al primo retrogusto di amaro, una nuova amicizia. Una di quelle amicizie che si fanno tra naufraghi, nate sulla zattera del caso, in mezzo ai marosi della crescita; che, se la vita sarà generosa, potranno diventare amicizie di formazione, amicizie per sempre. Doni della sorte destinati a cambiarci, a riempire la nostra vita, oppure, nella maggior parte dei casi, esperienze di un'estate destinate al niente. Quel suo dono dal futuro incerto, nella sera della tonnara, Elena lo teneva per mano.

"*Bonjour, je m'appelle Sophie*," disse con tono soffiato.

Era sera, le casse distribuivano bassi importanti, forse Greg Lake. Pensai che i francesi, presentandosi, dicono buongiorno anche al buio.

"È la mia amica Sophie, è francese," disse Elena.

"Ciao Sophie, io sono Paolo, mi avevano detto che eri belga."

Aveva gli occhi più grandi ed espressivi che avessi mai visto in vita mia. Nel buio credetti fossero di un nocciola chiaro, oppure di un colore inventato apposta per lei. Dalle proporzioni del suo viso emanava un senso di perfezione, confermato dalle labbra lucide e piene, di un rosa naturale, che si distesero presto in un sorriso indirizzato a Paolo.

"*Je ne comprends pas bien l'italien, excusez-moi.*"

Si passò una mano tra i capelli corti, mossi; volse lo sguardo verso di me, allungando il sorriso e aggiustandosi con la mano destra la minigonna bianca.

"*Enchanté*," le dissi soffrendo. Poi aggiunsi il mio nome.

Quella ragazza mi aveva immediatamente portato in un luogo scomodo, mi aveva spinto in un disagio che, dopo un giorno di sofferenza come quello appena passato, non potevo sopportare a lungo. A quel tempo avevo stabilito che, per ostacolare dentro di me quel senso di malessere, avevo a disposizione una sola tecnica, di evidente origine zen: bilanciare il mio peso spostandolo due-tre-dieci volte da una gamba all'altra, finché l'ansia non passava. Lo feci in modo impercettibile. Niente. Tentai un'altra strada, ripetendomi veloce: è un'altra ragazza in un'altra notte di Palermo, è un'altra ragazza in un'altra notte di Palermo. Niente. Sophie tenne i suoi occhi su di me per tre secondi, forse incuriosita dalla mia frase educata. La sua bellezza incuteva paura.

"Sophie ballava con me a Bruxelles," spiegò Elena. "È di Parigi, fa la modella, e ora vorrebbe una sigaretta."

Le porsi una Camel. La prese, ringraziandomi. Strappò il filtro e portò alle labbra quel che restava.

Paolo ed Elena andarono a prendere un gin tonic, io rimasi con Sophie per scambiare le nostre prime parole. Sul fondo la chitarra di Dave Gilmour. Dietro di noi la vista del porticciolo di Vergine Maria, le piccole lance di legno ormeggiate a pettine, ognuna con nomi che rendevano omaggio alla sofferta tradizione cattolica: Madonna del Dolore, Madre dei Peccati, San Giovanni Decollato.

"Perché sei in Sicilia?"

"Quest'estate non avevo voglia di niente, solo di un po' di

mare. Elena mi ha parlato della sua casa, dei suoi fratelli, del blu delle isole Eolie."

"Cioè sei in vacanza. Qui vengono tutti in vacanza. Non incontri mai nessuno che è venuto in Sicilia per lavorare. Gli stranieri, poi."

"Tu cosa fai?"

"Scrivo, parlo anche in una televisione siciliana. Faccio il giornalista."

Le chiesi se voleva mangiare qualcosa, bere qualcosa, passeggiare qualcosa. Sorrise per la seconda volta. Rispose di sì a un bicchiere di vino, che le portai. Volle un'altra Camel. Poi propose di andare verso i confini del giardino, dove la vista sul porticciolo era più nitida, totale. Elena e Paolo erano dietro, a venti passi da noi.

Sophie aveva una grazia che fino a quel momento non mi era capitato di trovare in nessun'altra donna. Ogni suo movimento era lo scorrere quieto di un corpo sulla crosta terrestre, senza attrito, senza dispersione di energia; ogni suo gesto corrispondeva a una piccola preghiera di perfezione, di eleganza. La guardai camminare davanti a me. Seguirla fu la cosa più facile del mondo.

Raggiungemmo il parapetto. Sotto di noi la banchina del porto e la sua minuscola diga foranea. Le chiesi di Parigi, dove viveva e con chi, immaginandola con fidanzati di assoluta bellezza, oppure magri, scazzati e maledetti, un po' dei Pierre Clémenti, rivali imbattibili per ognuno di noi così mediterranei, così sentimentali; in ogni caso fidanzati adeguati a lei, che parlavano francese meglio di me essendo, peraltro, loro francesi e io no. Insomma ero curioso, e al contempo non volevo sapere. Mi rispose.

"Diciannovesimo arrondissement, dalle parti di avenue Jean Jaurès. Vivo con mia madre, io e lei, niente papà, niente sorelle, né fratelli. Siamo una famiglia normanna, veniamo da Deauville. No, nessuna passione per i cavalli. Mia madre fa la commessa. Mio padre ci ha abbandonate quando avevo sei mesi e così la mamma mi ha portato a Parigi. Ho saputo che è morto due anni fa in Canada, investito da un camion."

Volevo chiederle come fosse possibile tanta bellezza in lei. Per fortuna, mi resi conto che era davvero una domanda stupida. La bellezza va a caso, si combina come atomi di elementi primordiali, e crea miracoli o disastri; oppure la medietà, la parte grande del mondo, il senso medio, la bellezza media che è come la bruttezza media, una non virtù destinata a lasciare tracce di memoria solo in chi è prossimo: mogli, mariti, figli, genitori. Sophie era stata gratificata dal caso, era piena di bellezza. L'unica virtù, diceva Oscar Wilde, che non deve essere dimostrata.

* * *

C'era un contrasto netto tra la morte intorno a noi e la bellezza dentro di noi. Eravamo ragazzi attraenti, scompigliati, allegri, costretti a esercitare le nostre doti in un teatro orrorifico.

Il giudice Rocco Chinnici venne ucciso la mattina del 29 luglio del 1983. I corleonesi di Totò Riina imbottirono una 126 di tritolo, e con un telecomando azionarono il detonatore non appena il magistrato uscì dal portone con la sua scorta. Un informatore libanese, trafficante di stupefacenti, aveva chiamato qualche giorno prima in questura per avvertire che la mafia stava per compiere un attentato con un'autobomba. Disse che l'obiettivo poteva essere il giudice Falcone. La polizia strinse la sorveglianza su di lui, i mafiosi uccisero il suo capo.

Era terribile vivere in quella città; era terribile, e tragicamente normale, morirvi. Noi non capivamo niente. Eravamo trascinati da un'inerzia nera, che ci portava in giro da un set di morte all'altro. In quegli anni cominciai a credere che la bellezza fosse un antidoto contro il veleno della vita: ne ho sempre preso forti dosi, ho amato donne bellissime, conservato di loro il ricordo che mi conforta nelle notti di cuore sospeso. Ritrovo, in tutti noi di allora, una sensibilità comune al bello. C'è ingiustizia in questo pensiero, ne sono cosciente, come c'era in quella notte al porticciolo, con Sophie che era il Nord magnetico della mia bussola esistenziale. Puntavo lei perché puntavo alla vita senza morte. E Palermo era perlopiù assassinio, strame di corpi, di idee, di speranza. Vorrei dire che prendevamo dosi alte di amore e sesso per sconfiggere la paura. Era la prima grande operazione antimafia di massa.

* * *

Scendemmo verso il molo di pietra, lasciandoci dietro note di rock psichedelico. Elena e Paolo discutevano di *fumo*, la supremazia del Marocco sul Libano, per poi convenire sull'inarrivabile eden nero di afghano e pakistano. Sophie affrontava cauta i gradini, non per i tacchi, che non metteva, ma per il buio verso cui andavamo. Luci fioche illuminavano le reti distese ad asciugare in prossimità delle bitte.

"È il mare di notte, senti che odore di calma," le dissi in italiano.

Si girò affidandomi uno sguardo dolce, non seppi mai se di pura gentilezza o perché respirò l'aria e immagazzinò serenità. Il minimo sciabordio dell'acqua sulle lance di legno aggiungeva irrealtà a irrealtà. Risultava incredibile che quel piccolo paradiso notturno si trovasse nella stessa città, nella stessa nazione, nello stesso emisfero dove un gruppo di assassini aveva premuto un telecomando dodici ore prima, facendo scempio di uomini, cose, speranze.

Giunti alla punta del molo, guardammo verso fuori la linea di luci del golfo di Palermo, i riflessi della poca luna sul mare, il faro debole che segnalava l'imbocco del porticciolo. Lo spettacolo davanti a noi era rasserenante, dentro di me andava in scena una commedia elettrica. La rappresentazione di una battaglia: la morte del mattino contro l'emozione della sera; i pezzi duri della realtà contro l'anima morbida di un'altra ragazza in un'altra notte di Palermo. Chiesi a me stesso una tregua e la ottenni. Non sentivo la stanchezza, solo il desiderio di essere lì, alla larga da quel ragazzo in jeans rossi che si aggirava tra macerie e cadaveri.

Paolo propose di sdraiarci a guardare le stelle. Il cemento e la pietra del molo erano inspiegabilmente puliti, forse grazie all'acqua di mare che nelle isole, in luogo dell'assoluzione, talvolta rende linde le cose e le anime. Elena e Paolo si sdraiarono pancia all'aria, disegnando con i loro corpi una V. Io e Sophie li seguimmo, terminando di comporre una stella immaginaria; quattro teste che si toccavano: quella scura e crespa di Paolo, il carré nero lucido di Elena, il biondo di Sophie e poi io, con i miei capelli mori, disordinati, la mia barba incolta, un'aria un po' Che Guevara, un po' Massimo Ciavarro.

Calò un silenzio stellato. Indicai a Sophie il Piccolo Carro, lo disegnai nell'aria; lei apprezzò il gesto anche se non sapevo come si diceva Piccolo Carro nella sua lingua. Ci provai con un giro di parole, che provocarono in lei un po' d'ilarità. L'atmosfera era carica di fiducia, avevamo vent'anni, e la morte, quella sera, nel preciso istante in cui Sophie si volse verso di me, aveva deciso di lasciarmi perdere. Affondò i suoi occhi nei miei: la mia memoria, i miei cinque sensi vennero resettati. Era come se un felino abbandonato sul ciglio di una strada fatta solo per cani mi fosse venuto incontro in cerca di protezione.

Una volta lessi della sindrome di Lancillotto, che spinge gli uomini di qualunque età a soccorrere tutte le Ginevre in pericolo, reale o simulato. Non sapevo che tipo di Ginevra fosse Sophie, non ebbi il tempo di chiederglielo: eravamo sdraiati su quel molo da meno di un quarto d'ora, e sapevo di dover andare in suo soccorso. Immediatamente e per sempre.

Elena e Paolo distrussero la nostra stella.

"Ci andiamo a fare un *joint* sulla Madonna del Lume."

Era un barcone di quindici metri tirato in secco, con fiancate disegnate da artigiani che avevano saputo sposare gli smalti blu con i gialli, i rossi, i verdi, i bianchi e i neri. La Madonna del Lume sembrava un esperimento da avanguardia storica. Ed era il punto più alto, escludendo la villa della tonnara, dove farsi un *joint*.

"Venite? *On y va?*" chiese Elena sistemandosi la camicia. Paolo tirò fuori dalla tasca dei jeans le Rizla blu.

I miei sensi erano ancora nello stato di *off*.

Scossi la testa impercettibilmente; il movimento fu avvertito solo da Sophie che, come me, non aveva aperto bocca. Fissavamo il cielo.

"Allora?"

"Noi restiamo qua," dissi, con quel "noi" che era un azzardo.

"Sì, noi stiamo qua," disse Sophie.

Sorrise dolce a Elena, in cerca di comprensione, e avvicinò il suo corpo al mio trasformando la nostra stella in due bacchette da sushi, lei e io, paralleli, due pezzi di uno stesso legno, legati su quel molo da una congiunzione che non si poteva spezzare con la semplice forza delle mani. Restammo a guardare le altre stelle, le spiegai che a fine luglio è visibile la costellazione del

Leone, una forma non riconoscibile senza un libro con i disegni a portata di mano, un Baedeker del cielo dove, oltre alle forme degli astri e dei pianeti, erano indicati i migliori ristoranti di Nettuno, i *bons addresses* di Marte, i monumenti da non perdere su Andromeda, insomma tutti quei posti nel cosmo dove passare weekend romantici.

"Ovviamente ogni indirizzo è valutato, a seconda del servizio, con un numero variabile di stelle," aggiunsi.

Sophie sorrise, mi diede un colpo lieve sul braccio con il dorso della mano, lasciandola poi là, in un contatto che divenne l'interruttore dei miei sensi. Ora erano tutti su *on*.

Le sfiorai con le dita, intenzionalmente, sfacciatamente, la mano affusolata, da pianista russa. Sentii la consistenza elastica della pelle, le ossa lunghe, la delicatezza di un palmo che immaginai premuto sul mio torace, in una carezza che volevo ci fosse e che invece era solo una premessa. Il tempo si prese una pausa. Lei spostò il bacino per avvicinarsi ancora: l'attesa era finita. Intrecciai le mie dita alle sue, lei si girò su un fianco verso di me, mi guardò fisso con quel suo sguardo di lago, di mare, di oceano. Avvicinò lentamente il suo viso al mio, io chiusi gli occhi. E lei mi chiese una sigaretta.

Pensai di infliggermi all'istante una morte sciocca: tipo mangiare dieci chili di pane con la milza, oppure andare in immersione infinita, al largo di Ustica, giù verso il fondo, dove la testa non può più ragionare, per poi farmi scoppiare i polmoni.

Le diedi una Camel e lei se la portò alle labbra senza strappare il filtro. Gliela accesi, tirò due boccate non profonde e me la passò: le nostre dita non si lasciarono mai.

Mi chiese del mio lavoro.

"Si può fare solo in Sicilia," le dissi. Poi pensai che, in realtà, stavo partecipando a un romanzo di Dashiell Hammett, che quella città non si chiamava Palermo ma Poisonville: un posto dove morivano tutti. Sempre.

Strinse le dita sulle mie. Aveva saputo della strage, non capiva. [Blutbad]
"Neanch'io."

Poi le parlai del mio amico Fabrizio, con cui dividevo la casa. Le raccontai della nostra vita fuori sincrono: io che mi svegliavo all'alba e lui alle dieci, io che provavo a dormire nel pomeriggio mentre lui studiava, io che facevo tardi la sera e lui che andava a letto presto con la sua fidanzata, da lei o da noi, in due case belle e borghesi.

Il mio accento fu impeccabile. Glissai su tutte le Livie che in quegli anni passavano dalla nostra casa, dal mio comodissimo letto.

Sophie non era mai stata in tensione da quando ci eravamo conosciuti, ormai più di un'ora prima. Sorrideva spesso ai miei racconti, le sue risa erano suoni veloci e acuti, da bambina che si tocca la punta del naso con il palmo.

Spense la Camel sul cemento del molo. Mi passò una mano tra i capelli, la mia schiena reagì. L'abbracciai, lei si schiacciò contro di me. Era magra, aveva un seno piccolo che sentii nudo contro il petto. Il bacio fu lunghissimo, lento, le nostre lingue si trovarono nello stesso discorso, condivisero tutto facendo delicati cenni di assenso, ammettendo che fino a quel momento non avevano mai ascoltato niente di più giusto.

Non sapevamo molto l'uno dell'altra, sapevamo solo che quella sera era un inizio.

* * *

Andammo via, Sophie e io. Non era abituata alla Vespa, non conosceva la meta, ma si affidò a me, e questo mi diede gioia. I suoi capelli corti sentivano l'aria tiepida della notte; ci dimenticammo di Paolo, di Elena, del rock di Totino, di tutte le costellazioni che ora sembravano brillare nei nostri occhi, nelle nostre mani. Era abbracciata a me in una stretta istintiva e asfissiante, nella sua prima volta in scooter.

"Noi invece andiamo in metrò," mi sussurrò all'orecchio.

"Qui per fortuna non esiste: devi restare legata a me fino a casa, che si trova un po' oltre Londra. Ci metteremo due anni."

A Sophie piaceva il mio siculo-francese e io miglioravo nella comprensione del suo normanno. Passammo vicino a piazza Politeama, non ancora sfregiata dalle luci gialle antinebbia, per una nebbia che a Palermo non ci sarà mai. Rallentai, le dissi che il suo profumo era una constatazione di paradiso. Mi rispose che non usava profumo.

"Deluso?"

"Non capisco niente di donne."

"Non mi sembra: mi stai portando in giro per Palermo due ore dopo che ci siamo conosciuti."

"Sophie, sei tu che mi stai portando in giro per il futuro. Faremo, diremo, ameremo. Vuoi un autista?"

"Ce l'ho già."

"Parlo di un autista da bere. Si chiama così: è uno strano miscuglio che fanno qui vicino, dietro a piazza Politeama."

Volevamo scoprirci sul mio borghesissimo letto, lo desideravamo entrambi, anche con una certa urgenza, ma erano le due, io ero in piedi da sole diciotto ore, e decidemmo di aspettare. Il bar si chiamava Al Pinguino, un nome scelto con involontario gusto della provocazione situazionista, in una città dove la minima non era mai andata sotto i dodici gradi neanche durante la prima glaciazione.

"Due *autisti*, per favore."

I neon illuminavano i volti stracchi di due quarantenni con la barba non rasata, dallo sguardo sudato. Bevevano birra e gazzosa appoggiati al bancone.

Il barista spremette del limone in due bicchieri opachi, aggiunse l'acqua, due cucchiaini di bicarbonato, e non ci fu bisogno di rimescolare: i bicchieri sembravano sopraffatti dalla schiuma generata dalla mistura.

"Due *autisti*. I signori sono serviti."

Sophie mi rivolse uno sguardo dubitativo. Le feci cenno di sì. Bevemmo insieme, e compresi dalla fiducia con cui buttò giù l'intruglio che la nostra sarebbe potuta diventare una storia vera.

Dieci minuti dopo eravamo a casa. Fabrizio dormiva. Facemmo il rumore di due persone che si baciano furiosamente, con la porta ancora aperta, svestendoci a pezzi, nell'ingresso, in salotto e poi nella mia stanza, dove Maria, l'angelo che riordinava la casa due volte la settimana, aveva rifatto il letto. Il biglietto di Livia era sul comodino, piegato, non leggibile.

Sophie aveva un corpo elastico, con una linea dei fianchi che ricordava quella delle modelle di Schiele. Il suo biondo naturale tendeva al rame, e aveva un seno quasi adolescenziale, con areole chiare. Mi inteneriva averla tra le braccia, nuda, essenziale.

Facemmo l'amore con molta dolcezza, senza fretta, a dispetto dell'urgenza con cui ci eravamo strappati i vestiti, vittime di quel senso di emergenza che due esseri umani hanno di fronte a un incendio. Bruciava la nostra prima età adulta in quell'abbraccio, in quella ricerca forsennata dell'altro e poi, al contrario, in quel movimento lento, ritmico, che univa i nostri corpi nei suoi sussurri, nel suo inarcare la schiena offrendo il ventre al mondo, cioè a me che di fronte a lei, sotto di lei, sopra di lei, ero il suo mondo, e in quel mondo recitavamo la preghiera eterna dei corpi che cercano pace.

La pace di Sophie venne presto. Gridò qualcosa nella sua lingua. Io poco dopo di lei, in silenzio strozzato. Rimanemmo immobili, saldati dall'emozione. Baciai i suoi occhi, carezzai le sue scapole delicate, il collo lungo quanto le ciglia che solo ora riuscivo a vedere, con i nostri corpi così vicini e rischiarati dalla luce che filtrava dalle persiane. Ci abbandonammo a un sonno nudo.

L'indomani mattina, al risveglio, Sophie mi chiese se poteva portare da me la sua borsa, parcheggiata a casa di Elena. Risposi di sì, amavo quella ragazza tenera. L'amavo di quegli innamoramenti istantanei che sono la forma più raffinata di felicità, senza mediazione.

Andai al giornale, lavorai con la testa che andava e tornava a lei. La sua borsa. Cosa c'era nella sua borsa? Cosa porta in viaggio una modella? Non sapevo niente, mi sembrava un'aliena che concentrava in sé tutta la bellezza e la grazia degli universi di Asimov. Immaginavo che una modella fosse distaccata dai fatti terreni, lontana come una stella filante portata via da una folata di vento. Non avevo capito niente.

Al giornale, quella mattina, il mio capo mi costrinse due volte a riprendere contatto con la torre di controllo. Viaggiavo lungo corridoi aerei sconosciuti, scrivevo di mafia, di inutili indagini sull'autobomba, e intanto pensavo alle sue labbra, al suo sapore, al bacio che il sesso dà e trova, stretto dai movimenti pelvici. Sophie governava i suoi muscoli a piacimento, era un'atleta: ballava, sfilava in passerella, sapeva domare un tacco 12. Non vedevo l'ora di tornare da lei.

Alle tre misi la chiave nella toppa. La casa era al buio, non c'era nessuno.

Trovai un biglietto di Fabrizio: "Ho conosciuto Sophie, le ho preparato la colazione. È molto bella, soprattutto quando prende il caffè seminuda. Sei veramente un cornuto. P.S. Dice che torna stasera."

Chiamai Elena. Non aveva notizie, sapeva solo che sarebbe passata in giornata a prendere la borsa. Poi cercai Paolo. Invano. Misi sul piatto *The Wall*: disco 2, lato A, pezzo numero 1.

> *Hey you, would you help me to carry the stone?*
> *Open your heart, I'm coming home.*[1]

Ero a casa, Sophie non mi aveva ancora aperto il suo cuore, ma io volevo il suo aiuto.

Il pomeriggio passò veloce, tra un sonno dal sapore chimico pesante come Roipnol e un paio di interviste telefoniche che mi aveva chiesto un periodico del Nord. Lavorai da casa, nella speranza che lei tornasse prima.

Il campanello suonò poco dopo le sette. Palermo era arrossata da un tramonto estivo, limpido, il termometro indicava trentadue gradi. Le aprii, aveva addosso dei bermuda larghi di cotone e una canottiera di maglia che copriva il suo seno piccolo. Mi sorrise con occhi luminosi, lasciò cadere il borsone e mi diede un bacio sulle labbra. La strinsi a me.

"Vieni, Sophie. Vuoi un succo di frutta? Una siga?"

L'aiutai a sistemare la sua borsa in camera, lei mi disse che con l'aiuto di Elena aveva cercato lavoro, che aveva bisogno di un bagno fresco.

"A temperatura ambiente," la corressi, ricordandole che lì l'ambiente era speciale, febbricitante.

Sorrise, si spogliò di quanto aveva addosso, si sfilò gli slip, traversò nuda il salotto, l'antibagno, andò in cucina, aprì una

---

[1] Ehi tu, mi aiuti a trasportare la pietra? / Apri il tuo cuore, sto tornando a casa.

birra e mi raccontò qualcosa del negozio dov'era stata: in quei quattro minuti che fecero da prologo al bagno imparai che la parola "pudore" e la parola "modella" non figurano nello stesso dizionario.

Colsi in lei una certa gioia nello stare a casa nostra, nell'aggirarsi tra i miei libri, tra i miei dischi, con intorno alla vita un asciugamano di Fabrizio, a seno nudo, ancora umida del bagno.

"Hai bella musica, conosci Francis Cabrel?"

Sì, lo conoscevo. L'avevo scoperto a Parigi quattro anni prima, ero studente in prova alla Sorbonne Nouvelle, quando ancora vaneggiavo per me un futuro da linguista. Cabrel è uno di quei cantautori che negli anni Ottanta hanno fatto ciò che volevano dei cuori delle donne. Aveva una voce dolce e roca, pura tradizione *chansonnier*, e scriveva canzoni per animi romantici.

Tout ce que j'ai pu écrire
Je l'ai puisé à l'encre de tes yeux.[2]

Avevo il suo primo album, comprato in un negozio della Rive Droite che vendeva anche LP usati. Misi il brano numero 1, lato A. Sophie mi venne vicina.

"Non dei miei, dei *tuoi* occhi, siciliano."

Lasciò cadere l'asciugamano, facemmo l'amore in salotto. Profumava di fresco.

Uscimmo per cena. Nel buio del mandamento Tribunali, a piazza Marina, trovammo un locale che era stato aperto da alcuni vecchi compagni del "movimento", gente con cui sei anni

---

[2] Tutto quel che ho potuto scrivere / l'ho attinto all'inchiostro dei tuoi occhi.

prima avevo fondato la prima radio libera, ma libera veramente, di Palermo. In sei anni, la parabola rivoluzione-ristorazione per loro era finita. E, stando alla qualità della caponata che ci servirono, si era conclusa più che bene.

Sophie mangiò con allegria, bevemmo birra. Mi raccontò dell'untuoso proprietario del negozio, presentatole da Elena, che le aveva proposto di posare per un catalogo di abiti da dare ai venditori in giro per la Sicilia. Lei gli aveva mostrato il book e lui si era soffermato sulle foto più nude.

"Pagano poco, però almeno," non finì la frase, perché le presi la mano e gliela baciai. Si sdebitò sgranando gli occhi con aria di lusingata sorpresa per le mie labbra sulle sue dita.

"Andiamo," implorò.

Spendemmo il giusto per un locale all'aperto con tovaglie di carta e camerieri che ti chiedevano: "Che cosa vuoi per dolce, compagno?"

Non fu facile spiegarle, andando via, che il Sessantotto per alcuni non sarebbe mai finito.

* * *

Il giornale febbricitava. Erano le sette e mezza del mattino, zero caffè in corpo, avevo lasciato Sophie che dormiva tra le lenzuola umide della notte. Il refrigerio era giunto all'alba, quando la mia sveglia aveva già avviato il *countdown*. Non disturbai il suo sonno, feci piano come i gatti quando vogliono qualcosa; mi vestii a caso, cioè allo stesso modo di sempre, jeans e camicia chiara, inforcai i Ray-Ban, presi sigarette, portafoglio, chiavi della Vespa e uscii, lasciando la parte più interessante di me in quel letto accanto a una ragazza che, con ogni centimetro quadrato del suo corpo, mi chiedeva, dormendo, di restare.

"Occhi di sonno," scherzò come al solito Saro vedendomi entrare al giornale. Il mio sorriso e il mio passo sbilenco da ubriaco del mattino furono un'ammissione rumorosa: "Sì, amico mio, occhi di sesso. Peggio: occhi d'amore."

La sbornia sentimentale evaporò in un attimo entrando nello stanzone della Cronaca. Il capo mi folgorò con uno sguardo lungo tre-quattro millesimi di secondo: il tempo più lungo della mia vita. Che cosa era successo? Cosa voleva da me? Sentivo tre colleghi al telefono fare domande a interlocutori vari.

"Dove? Circonvallazione?"

"A che ora?"

"Ma chi ha trovato il deposito?"

"Avete già visto le matricole?"

Il capo mi fece cenno con la mano di avvicinarmi. Non avevo ancora raggiunto la mia scrivania.

"Esplosivo," esclamò come fosse "Buongiorno."

"Armi! Fila! Vai di corsa! Un deposito della mafia, ci sono fucili e mitra, mezza tonnellata di tritolo, pacchi di C4 tipo quello dell'autobomba, pistole automatiche. C'è l'intera armeria della mafia. Cazzo, corri!"

Si dimenticò di dirmi dove; un dettaglio insignificante, una mancanza che comunque non deve mai impressionare un buon cronista. Il dove si trova sempre, il perché più raramente.

"Vado, e quando sono sul posto ti chiamo. Ho i gettoni, spero ci sia una cabina."

Mi riservò un ultimo sguardo di commiserazione, mentre provava a calmarsi bevendo il terzo caffè ristretto, tanto ristretto che lo zucchero non riusciva ad andare a fondo. Scesi le scale due gradini per volta, tornai in portineria, dove Saro mi informò: "Circonvallazione, all'altezza dello svincolo per Ciaculli."

Ripresi la Vespa. Andai incontro a un agosto palermitano di un caldo 1983, imbottito di adrenalina già alle sette e mezza del mattino.

Sophie, nelle due ore che seguirono, si ridusse a una figura letteraria molto lontana dalla narrazione dei fatti che accadevano, figlia della penna di un altro autore, in un'altra era, in un altro romanzo.

Maneggiai emozioni di poliziotti con occhi da cocaina, vidi la voglia di vendetta nello sguardo dei loro capi, tenni in mano una mitraglietta Uzi, compresi la differenza tra un mitra Thompson a canna regolare e un sovrapposto a canna tagliata. In realtà non capii nulla di serio, mi limitai a redigere il verbale giornalistico di un ritrovamento. Erano anni così: si teneva contabilità di morte, di armi, a nessuno di noi era richiesto di scoprire davvero qualcosa. Il giornalismo investigativo era un modo di dire nella Sicilia dei primi anni Ottanta, dove il raccolto rosso di Hammett era davvero raccolto di sangue.

Nel pomeriggio tornai a casa, sfatto.

La *boiserie* era deserta. Sophie mi aveva lasciato un biglietto in francese per dirmi che tornava da quel commerciante per il catalogo.

Rientrò alle otto, con uno sguardo lontano. Mi diede un bacio, mi abbracciò senza forza e disse che era stanchissima, voleva solo fare un bagno "a temperatura ambiente". La sua pelle era luminosa, nonostante il caldo di Palermo avesse sciolto il trucco. Era la donna più bella che mi fosse capitato di avere a venti centimetri dal cuore.

L'accudii per un quarto d'ora, la aiutai a sistemare gli abiti e i trucchi che si era portata per le prove fotografiche, poi la lasciai sola in bagno, immersa nella sua stanchezza, nel suo umore diverso.

Venne fuori mezz'ora dopo. Mi chiese di Fabrizio, se volessi davvero andare fuori a cena. Le risposi di no, avremmo sentito musica a casa.

"Allora aiutami a rilassarmi davvero."

Mi pregò di leggere ad alta voce alcune poesie francesi, diceva che il mio accento italiano era sexy. Scelse quelle di Verlaine, le stesse che le leggeva sua madre, a Parigi, nell'appartamento del diciannovesimo arrondissement.

Prese un libro dalla sua borsa. Aprii a caso. *Spleen*. Cominciai.

Le ciel était trop bleu, trop tendre
La mer trop verte et l'air trop doux.

Je crains toujours – ce qu'est d'attendre!
Quelque fuite atroce de vous.[3]

L'incanto del primo giorno, della prima notte, la magia insensata del cielo condiviso: uno spettro che si materializzò all'istante, nei versi di Verlaine, procurandomi un brivido. Temevo anch'io una fuga atroce.

Sophie si addormentò poco dopo, sentivo il suo respiro: avrei vissuto l'intera vita dentro di lei.

I giorni che seguirono furono per me di nevrotica routine e per lei di *spleen à la façon de Verlaine*. Vide Elena, la quale poi mi chiamò per chiedermi come andavano le cose con Sophie.

---

[3] Il cielo era troppo azzurro, troppo tenero / il mare troppo verde e l'aria troppo dolce. // Io sempre temo – e me la debbo aspettare! / qualche vostra fuga atroce.

"Non so, facciamo sempre l'amore, ma ha momenti di assenza. Quella ragazza…"

"Lo so, quella ragazza ha gli interni neri."

Usò una metafora automobilistica, che io condivisi in silenzio. Ci salutammo promettendoci di vederci tutti e quattro, compreso Paolo, il quale combatteva giorno per giorno la sua guerra insensata contro l'età adulta.

Stavamo crescendo, eravamo forti e fragili con punteggi diversi. Probabilmente Sophie guidava entrambe le classifiche.

* * *

Le pistole e i fucili sono sempre stati importanti nella mia vita. Mio nonno aveva un'armeria nel centro storico di Palermo, a due passi dalla Borsa, una delle più belle e antiche della città. Quand'ero bambino ogni 2 novembre, festa dei morti, mi regalava pistole e fucili ad aria compressa. Non ho mai avuto il tabù delle armi: le guardo, le carezzo, ma non le posseggo. Sono cresciuto con la convinzione d'essere un pacifista pronto a sparare. Credo che anche molti poliziotti e carabinieri lo siano.

In quel deposito della mafia, dove venni spedito dal mio capocronista di allora, mi accolse l'eccitazione degli agenti guidati dal commissario Beppe Montana, un uomo giovane, intelligente, di grande passione. Aveva uno sguardo febbricitante, Montana, infilato in quel cunicolo sotto l'autostrada Palermo-Messina, mentre dava una mano ai suoi a tirare fuori l'arsenale. Lo riprendemmo con le telecamere, e lui ci lasciò fare: era felice. Per Cosa Nostra fu un brutto colpo, vennero trovate armi che avevano ucciso boss e picciotti, ma anche uomini di legge.

Il commissario Montana passò poi a guidare la sezione Catturandi, un gruppo scelto di cacciatori di mafiosi costituito all'interno della squadra mobile. La guidò per poco: il 28 luglio dell'85, in un pomeriggio afoso, venne assassinato da due sicari dei corleonesi davanti a un cantiere nautico di Porticello, a venti chilometri da Palermo. Era andato a fare una passeggiata con la fidanzata e una coppia di amici. Aveva trentaquattro anni.

* * *

"Sono scappata da Parigi, c'era un ragazzo che mi perseguitava... Sì, è vero, sono stata a Bruxelles da Béjart, il corso me lo sono pagato con un anno di risparmi: avevo lavorato per due campagne importanti, Jean Patou e Kenzo. Mia madre diceva che dovevo solo stare attenta agli uomini, credono tutti che le modelle siano esseri umani in vetrina, anime a disposizione... Lei odia quelli del mio ambiente, soprattutto quelli che ci girano intorno. Ce n'era uno, era l'assistente di un grande fotografo, un bellissimo ragazzo di Lione, trasferito da poco a Parigi. Hai presente uno di quei tipi con i riccioli scuri e il broncio? A me piaceva, mi ha fatto la corte mentre scattavamo per Jean Patou, mi ha invitato a cena, ho accettato, e ho accettato anche le conseguenze."

Quella sera Sophie parlò accucciata sul divano, mentre andava un Bowie che piaceva anche a lei, *Hunky Dory*, uno dei capolavori del Duke. Aveva voglia di dirmi, di ricomporre pezzi di puzzle. Una modella a Palermo: nettamente fuori zona.

"L'incontro con Elena è stato divertente, mi ha permesso di allontanarmi da lui. Mi assillava con la sua insicurezza, con la sua gelosia, il voler essere tutte le sere al centro del mondo. Io cercavo soltanto di lavorare, trovare un po' di sicurezza. Ce la stavo facendo, ma dovevo allontanarmi da lui. Una modella inglese a cui avevo confessato di amare la danza mi ha parlato della scuola di Béjart. Ho deciso di prendermi una vacanza, tre mesi di corso, e a maggio sono scappata da Parigi. Lì ho conosciuto Elena ed è stato facile arrivare in Sicilia. Sapevo che qui esiste una città che si chiama Cefalù, dove c'è uno dei Club Med più chic del mondo, un posto che per noi francesi è come un piccolo paradiso."

Non la interrompevo, non facevo domande. Era diversa da sempre. Si era sciolta, mi carezzava una mano con la confidenza di una fidanzata, poi si accendeva una delle mie Camel, e di tanto in tanto mi baciava appoggiando le labbra sulle mie, come se non volesse farsi scoprire. Furtiva, leggera. Poi rideva.

Non avevo mai visto Sophie in quel modo. Non mi dispiaceva, anche se in un ripostiglio della mente qualcosa di impercettibile, un oggetto fuori posto sullo sfondo, attirava la mia attenzione. Troppe parole, alcuni gesti nuovi, il suo tono rilassato e amicale, niente a che vedere con la ragazza intrisa di seduzione, stretta nel suo mistero. Immaginavo delusioni francesi a una fermata di metrò, abbandoni, il vuoto di un padre e la pienezza di una madre per necessità assente. Il lavoro in una Parigi per me mitica e per lei zona rossa della sofferenza. Poi il suo lavoro, la certezza di essere desiderata, il sesso franco, fino alla fuga da un uomo ossessivo. Venire in Sicilia era stato come prendere un passaggio facendo autostop sull'autostrada della vita.

Non ero geloso, avrei solo voluto capire di più. C'erano serpi nel nido caldo di quell'estate siciliana e io lo sapevo. Intanto la guardavo e la desideravo. Sophie metteva a nudo ogni mia pulsione con la sua semplice prossimità. Avevo costantemente voglia di entrare dentro di lei. La casa era diventata il nostro letto. Facevamo l'amore ovunque, senza retropensieri, senza protezione. Scambiavamo l'affetto con il sesso, e il sesso con la vita. Funzionava così, tra Sophie e me. Vivevamo. La nostra vita era un'attrazione da regno animale, sottrazione pura all'intelletto. Eravamo diversi, eravamo uguali. Io provavo ogni tenerezza disponibile, e tra le mie mani lei era apparentemente indifesa, potevo spezzarla con una stretta. Quella sera no. E mi feci la domanda che non va mai fatta: perché?

Il perché lo scoprì Fabrizio due giorni dopo. Eravamo in cucina, di tardo pomeriggio, lui in accappatoio, io in maglietta. Fabrizio stava aprendo uno yogurt.
"Sophie si *fa*."
"Che dici, Fabri?"
"Ho trovato le siringhe nel cestino del bagno."
"Ma che cosa?"
"Secondo me eroina."
"Non è possibile, non è tipo."
Due miei amici erano morti di overdose, quattro anni prima. Sapevo molto dell'ero: i furti in casa, le autoradio, la discesa rapida nella scala dell'esistenza, battere per una bustina, mentire su tutto, con lo sguardo vago degli automi idioti. Sophie era diversa, due sere prima così allegra, con quella voglia di dire.
"Se si facesse d'eroina dovrebbe essere abbattuta, assente. Non ti credo, e poi conosco il suo corpo, ho baciato mille volte le sue braccia, avrei visto. Mi stai dicendo cazzate."
"Dentro le siringhe c'era sangue misto a un liquido. Le ha buttate nel cestino, confidando nella nostra ingenuità, o forse nella tua coglionaggine."
L'eroina aveva fatto strage nel "movimento", era stata la spiaggia di approdo di molte delusioni, il luogo di ritrovo per elaborare in modo autodistruttivo le sconfitte: non avevamo rivoluzionato il mondo, e in compenso eravamo diventati ottimi clienti per i pusher della mafia. Un successo. Ma Sophie era una

modella, aveva ventun anni, veniva da un pianeta dove la parola "politica" non era stata inventata. Che c'entrava lei con l'eroina?

Fabrizio aveva raccolto due siringhe. Me le mostrò: si vedevano le tracce di sangue. Non dissi niente, sentii solo il rumore sordo della caduta, un volo di venti piani dall'alto al basso della mia anima. Sophie che cadeva, schiantandosi bella com'era, tavola centrale nel codice leonardesco delle proporzioni, luminosa come un fuoco che brucia ogni parola, ogni discorso; una ragazza perfetta che diventava perfetta poltiglia di sé. Non sapevo come continuare ad amarla: odiavo l'eroina, la ritenevo la cosa più simile alla lupara, l'arma sordida della mafia per fare fuori i potenziali nemici. E Sophie era un proiettile in canna, una pistola puntata nella mia direzione.

Mi feci alcune domande tipiche: perché non me n'ero accorto? Perché, se si faceva, aveva voglia di fare l'amore? Chi gliela vendeva? Con che soldi la pagava?

Riuscii a malapena a dare una risposta alla prima domanda: perché sono un coglione. Aveva ragione Fabrizio: non mi ero accorto di niente perché ero innamorato. Il resto era un mistero che contavo di risolvere.

Nel pomeriggio della rivelazione, quando Fabrizio mi mostrò la siringa, Sophie era al lavoro: stava scattando le ultime foto per il catalogo di quel negozio di moda, in via Libertà.

Suonarono, andai ad aprire.

Era lei.

Mi diede un bacio sulla bocca, odorava leggera di fumo, le sue labbra erano il luogo dove avrei voluto essere sepolto.

"Ciao. Sono stanchissima."

Aveva un pallore da base chiara, fondotinta, ombretto, rimmel, tutto molto bianco. La volevano extraterrestre rispetto al modello di bellezza siciliana di quegli anni, definito dalla pienezza di un seno quarta misura, dal corvino dei capelli lunghi, da un bacino come si è sempre usato nella vita e di rado nella moda. Il contrario esatto di lei.

"Mi hanno fatto fare quindici cambi."
"Che tipo è lui?"
"Il fotografo?"
"Sì."
"Così. Molto alla buona. Non sa usare bene le luci."
"E il padrone?"
"Ricco. Un po' grasso."
"Come si chiama?"
"Salvatore Cincotta. I negozi si chiamano Atelier Donna, ne ha un sacco in giro per la Sicilia: a Marsala, a Trapani, ad Agrigento…"

Feci segno che non volevo dettagli: avevo paura di apparire all'improvviso preoccupato o, peggio, geloso. Paura di rivelarle con un'esitazione o una battuta quanto Fabrizio sosteneva di aver scoperto.

Sophie si sottrasse ad altre eventuali domande, cominciò a spogliarsi, mi abbracciò con la cautela di un parente lontano e mi chiese di aprirle l'acqua nel bagno. Sognava di stare immersa, struccarsi, dimenticare la giornata.

Sentivo lo scroscio dell'acqua, sapevo che si preparava al bagno, nuda, in camera mia. Mi aprii una birra. Rimandai qualunque discorso sull'eroina. Ero attanagliato dal terrore di rovinare tutto. Quella sera. Nel mio letto.

Mezz'ora dopo, Sophie stava fumando una sigaretta sul divano, i capelli tirati indietro, umidi, il seno a malapena coperto dall'asciugamano. Sul piatto giravano Crosby, Stills, Nash & Young.

One morning I woke up and I knew you were really gone.[4]

Sentivo con nettezza che Sophie se ne andava, o forse se ne era già andata, e mi faceva rabbia sapere che forse era stato quel Salvatore a precipitarla nell'eroina, o forse qualcun altro conosciuto prima del nostro incontro a Vergine Maria. Palermo nido di serpi, Palermo capitale del traffico dell'eroina, che avevo visto con i miei occhi cristallizzarsi in una villetta abusiva sul lungomare di Acqua dei Corsari, mezz'ora dopo che i carabinieri vi avevano fatto irruzione scoprendo la più grossa raffineria della mafia. Ero stato uno dei primi a entrare, avvisato da un amico capitano. I chimici e i guardiani di Cosa Nostra erano riusciti a fuggire lasciando tutto a metà: il processo di raffinazione e un pranzo a base di insalata di arance brasiliane, condite con olio e aceto. Notai la forchetta piantata in uno spicchio d'arancia, nell'insalatiera, e pensai alla sofferenza dell'uomo che, dopo aver preparato con cura tanta delizia, aveva dovuto abbandonarla per colpa di quei *cornuti degli sbirri*. Attesi il completamento del processo di raffinazione guardando gli alambicchi; vidi i cristalli formarsi, rompersi e precipitare diventando eroina con il *titolo cento per cento*: eroina pura, capace di uccidere alla prima pressione di stantuffo. Nel formarsi e nel cadere, i cristalli facevano crick-crock. Un rumore che non dimenticai più.

Sophie, o almeno il mio amore per lei, in quel preciso istante scricchiolava come quei cristalli.

Allora cominciai a trasformarmi in un carnefice.

* * *

---

[4] Una mattina mi svegliai e seppi che eri andata davvero via.

Odiavo pensare che Fabrizio avesse ragione, che Sophie vivesse in modo doppio il rapporto con me e con il resto della sua vita. Aveva vergogna della sua dipendenza? Non si fidava di me? Oppure ero la sua unica isola di pulizia e affetto? In ogni caso non voleva dirmi la verità che allora, se non ricordo male, era l'unica religione riconosciuta dalla nostra generazione.

Perché non mi diceva niente?

Mi ripetevo la domanda proibita: perché?

Avrei voluto che tutto tornasse a quella prima sera, all'incanto di due ragazzi che bagnavano la propria anima nel mare scuro delle stelle, nella speranza di trovare qualcosa di assoluto.

Lei.

Io.

La sua mano da pianista russa premuta sul mio torace, le nostre lingue, l'erezione al solo guardarla, al semplice contatto della sua pelle con la mia. I suoi occhi di lago, di mare, d'oceano fissi su di me; intorno a noi il resto del mondo: un paesaggio insignificante.

Ora invece lei era di là, sfogliava riviste sul divano, fumava, aspettava che il tepore della città finisse d'asciugarla. Non mi fidavo più.

Quella mattina avevo letto su un quotidiano che la prima causa di contagio della nuova malattia chiamata Aids era l'omosessualità. Al secondo posto, la tossicodipendenza da eroina. Un medico spiegava che l'unico sistema per limitare i rischi era comprare, se eroinomani, siringhe sempre nuove, non prestarle a nessuno, non accettarle da nessuno se già usate. Se invece si era omosessuali, il medico consigliava di usare il profilattico. Una parola molto perbene, adatta a un giornale di grande diffusione. Noi i preservativi li avevamo usati all'inizio della nostra storia sessuale, quando erano poche le ragazze che sceglievano la spirale o la pillola. Io compravo quelli che si chiamavano Nulla. Usarli era insopportabile, ma non avevamo alternativa: nessuno di noi voleva diventare padre o madre a diciott'anni.

In un cassetto della scrivania dovevo averne ancora una confezione aperta, residuato di una storia durata qualche settimana con una giovane libraia. Ne presi uno e lo nascosi sotto al cuscino: avevo sceso, con passo sicuro, il secondo gradino nella scala che conduceva dal degno all'indegno.

Andai di là, Sophie mi lanciò uno sguardo caldo. Si era ripresa, mi chiese se volevo uscire.

"No, vorrei stare a casa, noi due," dissi senza sorriderle, senza nascondere il mio nuovo stato d'animo.

Non avevo altra voglia che prenderla, lì. Ero attraversato da una rabbia sorda, non avevo parole preferite.

Acconsentì senza obiezioni. Le dissi che avrei fatto un piatto di pasta con la bottarga; c'erano il prezzemolo, l'aglio, il peperoncino fresco. E l'uovo di tonno che compravo alla Vucciria da un tipo equivoco, il quale sosteneva di produrlo con le sue mani.

"Va tutto bene," aggiunsi senza motivo apparente.

Erano passate da poco le otto di sera di un mercoledì di fine agosto e, con esattezza da astronomo, potrei far risalire a quel mio "Va tutto bene" l'inizio dello scontro finale tra due stelle in procinto di distruggersi: Sophie con la sua eroina, io con le mie pavide menzogne.

"Ok, voglio provare i tuoi spaghetti con la *botargue*," sorrise lei, ignara.

Mi venne incontro, si abbracciò a me con una forza ritrovata. Strinsi i suoi glutei nelle mie mani, forse con energia eccessiva. Lei non ci fece caso, mi baciò profonda.

Desideravo con urgenza la biondezza del suo pube. Sentivo il desiderio di oscurare la voglia di luce, la necessità di sapere.

La sollevai di peso, ancora abbracciata a me, seminuda. La portai in camera. Mi tolse la camicia, mentre buttavo via jeans e slip in un unico strappo. Mi guardò, restituendomi il desiderio che sentiva nei miei gesti di inedita brutalità. Sgranò leggermente gli occhi, ammorbidendo i lineamenti in un sorriso che non tolse eros. Era intensa, calda, muta. Aveva dischiuso le gambe chiare, eleganti, la pelle tesa da muscoli lunghi, il pube quasi rasato, adolescenziale, un pube che avrebbe convinto Courbet a non fare il pittore: l'origine del mondo era bionda, non bruna. Per capirlo sarebbe bastato guardare Sophie in quel momento, come feci io, estasiato e incazzato. Il conflitto aperto dentro di me era lì, irrisolto. Mi diedi un tempo di attesa. E non la penetrai. La lasciai in un volgarissimo stato di *stand-by*, sdraiata nuda sul mio letto, io a venti centimetri da lei, occhi negli occhi.

Sophie dovette pensare che volevo giocare. Fra di noi i preliminari erano banditi: avevamo la fisicità dei vent'anni, potevamo fare l'amore al cinema, dietro un molo frangiflutti, in una cabina di prova all'Upim. Sesso all'improvviso, legati da una reciproca necessità.

Con la mano destra trovai il preservativo sotto il cuscino; lo calzai senza lasciare un attimo il suo sguardo. Il mio armeggiare non l'aveva messa in allarme, continuava a fidarsi di quel ragazzo che non aveva capito niente, che l'amava e basta, forse il primo incontro nella sua vita a cui era stata sottratta la cifra degli interessi. Misi il preservativo, entrai dentro di lei. E lei gridò.

Un urlo forte, hitchcockiano, di ferita da arma da taglio. Si ritrasse e mi ritrovai fuori, con quel Nulla pendente nel nulla. Poi una frase semplice, in crescendo: "*Je ne suis pas une putain! Je ne suis pas une putain! Pourquoi? Pourquoi?*"

Blaterai delle scuse, parlai del rischio di fare figli, le chiesi perdono. Andò in bagno, si chiuse a chiave. Mi accostai alla porta, sentii il suo pianto sommesso.

"Sophie, ti prego, apri."

Mi rispose lo scroscio dell'acqua nella vasca.

Dentro di lei si era consumata una tragedia parallela. L'eroina, la puttana. I due binari su cui correva la sua vita: le richieste dei magnaccia spacciatori di tutto il mondo, la voglia rapace di cogliere l'occasione di una donna bellissima, tossicodipendente, senza soldi. Una vittima perfetta. Con quel mio gesto ipocrita, figlio di un egoismo maschile, le avevo ricordato che era una vittima. Nella sua totale perfezione.

Tornai in camera da letto, mi sdraiai in attesa che trovasse la forza di perdonare la mia volgarità. Non riuscivo a pensare ad altro se non al mio egoismo. Si fece largo, tra i pensieri, una domanda sciocca dettata dall'ottusità dell'amore: e se Fabrizio avesse avuto torto?

Presi la sua borsa da sotto il letto. L'aprii e trovai abiti, qualche slip, il libro di Verlaine, alcune creme, due lettere di sua nonna spedite da Deauville, tre siringhe nuove da insulina. Chiusi la cerniera e rimisi la sacca sotto la rete. Sophie era chiusa in bagno. L'attesi per un'ora, poi mi addormentai.

In sogno la vidi abbandonata sotto il Pont Neuf. Le mie braccia protese, in piedi su un *bateau-mouche*, turista che si affaccia sulla vita di una ragazza incantevole e disperata nella speranza vana di prenderla al volo, sottraendola al suo destino. Sophie aveva nel mio sogno uno sguardo opaco, mi osservava con il distacco dei malati terminali.

Alle quattro, in piena notte, Fabrizio apparve nella mia stanza, svegliandomi.

"Vieni subito di là. Sophie. In bagno."

"Cosa, Fabri?"

"Vieni e basta."

Immaginai quel che era facile immaginare. Lo seguii con un pezzo di cuore tumultuoso, l'unico che mi restava: il resto era pasto per cani. La porta del bagno era socchiusa, Sophie immersa nella vasca.

L'acqua era trasparente, nessuna striatura di sangue, nessuna traccia di lamette. Toccai Sophie e la svegliai, era gelida. Reagì dicendomi qualcosa che non capii. Accanto alla vasca, per terra, c'era la siringa con cui si era fatta. Per fortuna prima di immergersi nell'acqua aveva aperto la porta. La sua nudità la rendeva piccola, cadaverica, completamente indifesa.

Le diedi il mio accappatoio, la accompagnai a letto.

Si riaddormentò girata sul fianco, lontana da me. Decisi che l'indomani non sarei andato al lavoro. Lasciai un messaggio alla portineria del giornale in piena notte, dicendo che avevo la febbre. In parte era vero.

Al risveglio, caduto ogni diaframma di ipocrisia, le posi la domanda più inutile: "Perché, Sophie?"

"Perché è così."

"Ti ammazzerai."

"Me ne fotto. Intanto però sto bene. Per te è un problema?"

Feci altre domande, più tecniche: chi, dove, quando. Decise di raccontare con un tono remoto, come se parlasse di qualcun altro.

"Me la dà quel Salvatore, ma anche uno che ho incontrato nei primi giorni a Palermo. È un nobile, loro hanno sempre le bustine, l'ho conosciuto attraverso un amico di Elena. Mi facevo già a Parigi, insieme al fotografo da cui sono scappata. Lui viveva per farsi. Io volevo capire se c'era un'altra possibilità. Bruxelles, Elena. Ho creduto di potercela fare."

"Però hai ricominciato subito. Perché, Sophie?"

Insistevo sul registro dell'inutilità.

93

Si strinse nelle spalle.
"Io sono così."
Smise di dire. Preparò la borsa del giorno. Non le chiesi più niente. Non mi salutò, chiudendo la porta. Non aveva le chiavi di casa, non le aveva mai chieste, né io gliele avevo date.

Quel pomeriggio parlai a lungo con Fabrizio. Gli raccontai della conversazione con Sophie, delle sue ammissioni. Di quel Salvatore e del nobile di cui intuimmo l'identità.

Decidemmo che l'estate era finita e che, comunque fosse, dovevano cominciare le nostre vacanze. Una pausa lunga da Palermo, una vacanza dalla morte, dall'eroina. Settembre era il mese dei viaggi, io e lui. Il primo lo avevamo fatto a diciott'anni, dopo la maturità. Quel pomeriggio stabilimmo la meta: Amsterdam. Un mese.

"E Sophie?"

Concordammo che non potevamo lasciarle la casa. Sapevamo com'erano i tossici. In quel momento discesi altri gradini nella scala che dal degno conduce all'indegno. Non gli ultimi.

"Parlo con qualcuno. Chiedo, vediamo chi può ospitarla."

Fabrizio giudicò saggia l'iniziativa.

A sera Sophie rientrò a casa. Mi salutò a stento.

Andò in camera da letto, si stese.

Tra di noi si era rotto quasi tutto. Avevo paura di quella ragazza, volevo liberarmene, allontanarla da me, dalla mia vita, lei e le siringhe, quella pistola puntata. Poi sentivo il suo cuore contro il mio, guardavo il suo viso, le sue ciglia, le sue labbra dove avrei voluto annientarmi: il suo essere donna in pericolo, Ginevra tra le Ginevre, mi richiamava imperiosamente al mio dovere. Non potevo. Non dovevo.

Sindrome di Lancillotto.

Andai in salotto, chiamai Vittorio. Lo avevo incontrato ad

alcune feste: un ùomo asciutto e danaroso, ben più adulto di me, di ottima famiglia, soprattutto pieno di case. Gli spiegai di Sophie, della mia imminente partenza, chiedendogli di ospitarla per almeno un mese.

"Il tempo che torniamo."

Omisi di dirgli dell'eroina. Vittorio aveva visto Sophie a una cena con Elena, e durante la nostra telefonata si riferì più volte a lei come alla "bellissima francese".

Accettò di ospitarla.

Misi giù la cornetta.

Lancillotto si era suicidato.

* * *

C'era dell'inspiegabile, come in ogni gesto autolesionistico. Provai, negli anni seguenti, a rileggere la pavidità di quei giorni, la decisione di liberarmi di Sophie come fosse un pelucco su una giacca blu. Ero un giovane uomo scisso, capace di assistere impassibile a un'autopsia, di valutare gli effetti di una 357 sul cranio di un uomo, ma incapace di parlare con una tossica che amavo, o almeno credevo di amare. Una tossica che in quell'attimo era la ragazza più indifesa del pianeta, un piccolo essere avvistato allo scoperto da un rapace: la vita. Non fui indulgente con me stesso, nei tempi che seguirono. Poi, più in là negli anni, compresi quel che avrei dovuto capire subito: ero solo un ragazzo immerso in una realtà che oggi sarebbe un videogame sanguinario. Un personaggio mosso dal joystick del caso, non all'altezza di giudicare e di agire secondo giustizia.

Sophie fece il suo percorso all'ombra, per sfuggire quanto più a lungo agli artigli della vita. Io mi allontanai dalla radura, cercan-

do una piccola salvezza nella distanza tra me e lei. Furono gesti naturali dettati dall'istinto di sopravvivenza: lei mi aveva nascosto che era un'eroinomane, io le avevo nascosto che volevo ancora tutto il futuro che mi spettava.

* * *

I saluti furono sbrigativi. Mi feci prestare la R4 da Fabrizio, evitai di guardarla negli occhi, caricai la sua borsa. Sophie si lasciava trasportare come un pacco, senza opporre resistenza, destinatario sconosciuto; sapeva di aver sbagliato, di aver fatto surf sulla vita cadendo ancora. L'onda di quell'estate palermitana la travolse malamente: non si aspettava che la sua debolezza fosse punita con tanta durezza da quel ragazzo che le descriveva il Baedeker delle stelle, la baciava sugli occhi, le leggeva Verlaine e tra le cui braccia si era accucciata. Lei, la piccola francese portata in giro dal vento.

La consegnai a Vittorio in un pomeriggio d'inizio settembre. Indossava una canottiera bianca sui bermuda di lino, le All Star ai piedi. Si era truccata, il rosso sulle labbra, il mascara che le allungava le ciglia. Era di una bellezza struggente. Provai vergogna per me, per il mio poco coraggio. Sophie mi affidò un ultimo sguardo di commiserazione. Provai a darle un bacio sulla guancia, lei volse il viso dall'altra parte. Andai via con lo sguardo fisso nello specchietto retrovisore: vidi Vittorio che prendeva la sua borsa, lei che lo seguiva. Poi si girò per un istante verso la mia macchina che si allontanava. Il sole rendeva più rosse le sue labbra.

* * *

Nove anni più tardi, nel 1992, a Palermo, vennero uccisi Giovanni Falcone e Paolo Borsellino. Io mi occupai delle due stragi senza scoprire niente di interessante. Scoprii invece, durante una cena, un altro omicidio; la vittima era una ragazza fragile dalla bellezza struggente, stroncata a Parigi da un infarto: Sophie.

VITO

Un matrimonio

Milano, dicembre 2010

Il vincolo di sangue è più forte dello scirocco, più profondo di un abisso: è cosa primordiale, di natura. Un siciliano lo sa da quando nasce, dalla prima volta che, senza capire, ne apprende la sacralità sentendo la mano della madre, la voce del padre. Lo sanno anche tutti gli altri, nati più a nord o più a sud, ovvio. Ma molti siciliani, nella loro seducente presunzione, sono convinti che il gruppo sanguigno dominante nel mondo sia il gruppo S. Non il gruppo 0, A, B o AB, ma il gruppo S, come Sicilia. La loro diversità, la loro immaginaria supremazia, li rende spesso riconoscibili ovunque vivano. Una vecchia statistica diceva che cinque milioni e mezzo di siciliani risiedevano sull'isola, ma altri quindici milioni erano in giro per il mondo. Molti più degli irlandesi.

Oggi questo vincolo lo sento anch'io, sarà perché vivo da quasi trent'anni lontano da Palermo. O forse perché in certe mattine di bruma avverto il bisogno di luce originaria, di vento e salsedine: ho gocce di mare nella doppia elica del mio DNA.

La vita ci porta altrove, si inseguono sogni per poi, un giorno, sognare la vita. Nel 1958 Leonardo Sciascia descrisse un impiegato siciliano cui veniva proposto un trasferimento per lavoro: lasciare il paese per una città. Il funzionario ebbe la premura di dirgli che la nuova sede sarebbe stata in una città vicina. "No," *rispose l'impiegato, "è meglio in una città lontana: fuori della Sicilia, una città che sia grande." "E perché?" chiese meravigliato il funzionario. "Voglio vedere cose nuove," disse l'impiegato.*

La famiglia di Vito non voleva vedere cose nuove, perché era chiusa in un sarcofago di sentimenti: un'esistenza tombale fatta di schemi, ira sorda e amori sbagliati.

Palermo, ottobre 1983

"La Cronaca?"

"Dica."

"Uno che si chiama Vito Carriglio ha *fatto scomparsi* i suoi tre bambini."

"Chi parla?"

"Non ha importanza. Lei pigliò l'appunto?"

La mia penna si muoveva in modo scoordinato sul foglio. Scrissi prima *Carriglio*. Poi, sotto, *Vito*. Con la mia grafia da medico, le parole sembravano uno schizzo di Pollock.

"Allora, ha scritto?"

"Sì, però…"

Clic.

L'uomo aveva una voce da noce secca: rugosa, dura.

Mi alzai e andai dal mio capo.

"Un anonimo, con bell'accento siciliano, parla di tre bambini spariti e accusa il padre, un certo Vito Carriglio."

Il capocronista stava mescolando il terzo caffè del pomeriggio nella tazzina di porcellana spessa: cinque giri, sei giri, sette giri. Mi guardava e non diceva niente. Otto giri, nove giri. Avevo letto che, per alcuni, il movimento del cucchiaino nella tazzina può risultare ipnotico: un attore americano, a Cinecittà, aveva rimescolato il caffè quarantuno volte, spiegando poi che quel gesto gli aveva comunicato un senso di perfezione. Lo aveva bevuto freddo. Ma il regista era stato contento del pathos raggiunto.

Il capocronista invece si fermò.

"E allora?"

"Cosa, capo?" chiesi intimorito.

"Hai controllato in archivio? Hai telefonato alla polizia?"

"No, però..."

"E allora perché vieni a scassare la minchia a me? Vedi di controllare la segnalazione e poi ne parliamo. I pazzi sono ovunque, ricordatelo."

Giusto. Però quella voce da noce secca mi diceva che qualcosa doveva essere successo.

Chiamai in archivio. Rispose Annamaria Florio, una quarantenne militante marxista-leninista che nei giorni liberi vendeva davanti all'ingresso del giornale "Armare il Popolo", un foglio insurrezionale stampato spesso fuori registro. Talvolta lo compravo, per amicizia verso di lei, pensando comunque che la rivoluzione fosse destinata al fallimento per illeggibilità.

"Anna, abbiamo niente su un certo Vito Carriglio?"

"Aspetta. Carriglio, due erre..."

Sentivo il fruscio delle cartelline beige che contenevano foto e ritagli di giornale.

"Caronia, Carotenuto, Carraro... Ah, ecco: Carriglio. C'è dentro solo una fotografia. Te la mando."

Cinque minuti dopo un fattorino del giornale poggiò sulla mia scrivania una busta. Sfilai la foto. Si vedeva un uomo sovrappeso, sulla quarantina, sdraiato su un letto d'ospedale, che rideva mostrando al fotografo un giubbotto antiproiettile, come fosse un trofeo. La gamba destra e il braccio sinistro erano stati medicati. Il suo volto aveva un che di buffonesco. Sembrava voler deridere qualcuno o qualcosa.

Dietro alla foto c'era scritto: "Vito Carriglio – ospedale Buccheri La Ferla – ottobre 1982." Seguiva il timbro del fotografo, Filippo Lombardo. E il marchio del giornale.

Al quarto piano c'erano le stanze dove facevano base i nostri fotografi. Filippo era il capo, l'uomo che girava ininterrottamente, testimoniando con la forza diretta dell'immagine l'essenza della città-mattatoio. I delitti avvenivano per strada, poi finivano sul suo negativo. Oppure non erano stati commessi.

Lo chiamai al suo interno.

"Filippo mio, ti ricordi di un certo Carriglio? L'hai fotografato l'anno scorso."

"Ma chi?"

"Era all'ospedale, al Buccheri La Ferla, lo avevano ferito e aveva il giubbotto antiproiettile."

"Un brutto cliente. Me lo ricordo."

"Allora vieni giù e raccontami."

Filippo prese in mano la foto e vi batté sopra l'unghia del medio destro.

"Questo qui è veramente uno *tinto*," disse.

"Che cosa ti raccontò?"

"Niente. Non voleva dire niente a nessuno, manco alla polizia, però non fece problemi a farsi fotografare. Gli chiesi di farci vedere il giubbotto che l'aveva salvato. Lui rideva con occhi da cocaina: prese il giubbotto e io scattai."

"Gli avevano sparato al corpo?"

"No, apposta alle gambe e alle braccia. Una cosa l'ho saputa: disse a un infermiere che da giorni girava nel quartiere con il giubbotto. Se non ricordo male, è di Acqua dei Corsari. Ma te lo immagini, tu, uno che va in giro a ottobre sotto casa, a passeggio vicino al mare, combinato così?"

"Puoi pensare che sia un pazzo."

"Poi invece gli sparano, quindi pazzo non è. Previdente, anzi."

"Però, se lo volevano ammazzare, gli sparavano in testa."

Filippo mi guardò e si mise a giocare con la ghiera della messa a fuoco della sua FM2.

"Gambe e braccia. Avvertimento fu."

Aveva messo a fuoco con precisione.

Tornai dal capocronista e gli raccontai del ferimento e delle impressioni ricevute da Filippo. Usai le sue parole: "Un brutto cliente." Il capo mi disse di parlare con la polizia e di andare avanti.

La prima cosa da fare era controllare se per caso, negli ultimi giorni, qualcuno avesse sporto denuncia per la scomparsa di tre bambini. Pensai di chiamare direttamente il capo della squadra mobile, Antonio Gualtieri, un torinese arrivato due anni prima a Palermo. Avevamo raggiunto – giornalisti, investigatori, medici legali, fotografi – una sorta di simbiosi: ci ritrovavamo sui luoghi dei delitti scambiandoci saluti veloci e battute, comunicazioni in codice, piccole confidenze tra commilitoni. Gualtieri era basso e roccioso, poco incline al cameratismo, con modi da addestratore di cani da guardia. A prima vista un uomo da temere, più che uno con cui entrare in simbiosi; almeno finché non si parlava di Juventus, e Gualtieri si squagliava come una granita d'estate a Lipari. E siccome a Palermo la prima squadra nel cuore dei tifosi, da quando i rosanero rischiavano la serie C, era proprio la Vecchia Signora, l'arcigno Gualtieri si sentiva a casa. Come una granita a Lipari.

Guardai l'orologio. Il mio controllo poteva aspettare. Presi la sahariana, montai sulla Vespa e filai a casa da Cicova, da Fabrizio e dalla sua nuova fidanzata, Serena, arrivata quel pomeriggio da Milano.

＊＊＊

Aprii la porta e mi accolse il profumo della pasta con i broccoli *arriminati*. Fabrizio cucinava di rado, però quando ci si metteva mi ricordava che la divinità può nascondersi anche nei soffritti.

Serena mi venne incontro buttandomi le braccia al collo.

"Ciao, giornalista."

I suoi occhi brillavano nella penombra dell'ingresso. Erano scuri e luminosi, un caso raro di ossimoro con ciglia lunghe. Serena aveva un impatto fisico sulla realtà: toccava le persone, si faceva guardare, guardava con decisione, non le dispiaceva essere sfiorata. La sua voce, fatta di vocali aperte e trascinamenti lombardi, era addolcita dalla erre arrotata. In sé aveva il meglio di un Nord che per noi era come Andromeda, lontano e leggendario. Di quei popoli, io e Fabrizio conoscevamo perlopiù la discendenza femminile, le ragazze che passavano da Palermo in vacanza e finivano in quegli anni, in quei giorni, in quelle mezz'ore, davanti a un *pezzo duro* di cannella e *riso sciantiglì* da Ilardo, sotto la Passeggiata delle Cattive.

Si viveva nella spensieratezza dei nostri vent'anni, immersi in una città che intanto si stava suicidando con metodo.

"Ciao, storica dell'arte," risposi.

L'abbraccio si sciolse lentamente, dandoci il tempo di studiare, palmo a palmo, le nostre schiene. Non la vedevo da un mese. Le volevo bene: era la nuova ragazza del mio amico del cuore.

Ci eravamo conosciuti in estate a Vulcano, sulle Sables Noirs, la spiaggia di ponente nera di ossidiana. Serena era in vacanza con due sue amiche, io e Fabrizio ci eravamo presi una pausa dal nostro agosto di lavoro: io a descrivere cadaveri, Fabrizio a rivedere le sue materie per gli esami di ripresa.

L'unica bruna delle tre era lei, la più bella. Con il sorriso più bello, con l'abbronzatura più bella. Con il topless più bello. Valentina e Alba, le sue amiche bionde con gli occhi azzurri, si contesero la mia amicizia: nessuna ne uscì sconfitta. Serena puntò dritta al cuore di Fabrizio. Vinse anche lei. I dieci giorni di Vulcano lasciarono un'impronta decisa nel pavimento d'affetto della nostra vita.

"Dove sei stata, ragazza del Nord?"
"Casa. Con i miei. Ma ora mi fermo da voi fino a Natale."
"E gli esami?"
"Preparo qui gli appelli di febbraio. Arte del Seicento. Decorazione. Studiare qui è come allungare l'estate: Fabrizio, te, il tepore nell'aria…"

Cicova si era avvicinato strusciandosi sulle mie gambe. Chiedeva attenzione. Serena si abbassò per carezzarlo. Lui fece stretching con il corpo.

"Andiamo dal cuoco," disse.

Buttai la sahariana su una delle sedie in palissandro che decoravano l'ingresso, e la seguii.

* * *

"Devo fare una denuncia."
"Furto?"
"Furto di bambini."

Il poliziotto di guardia in questura squadrò la donna minuta che aveva di fronte. Notò i suoi occhi per niente amichevoli.

"Secondo piano. Ufficio denunce. Troverà un mio collega, gli dica che non è cosa di macchina o di gioielli."

Si aggiustò il cappello di ordinanza e il nodo della cravatta: aspettava una reazione qualunque. La donna lo guardò inespressiva. Era vestita in modo anonimo: un giacchino di cotone leggero marrone su una gonna beige, scarpe a mezzo tacco, calze color grigio topo. Il suo viso sembrava disegnato da un pittore cubista: solo spigoli che racchiudevano labbra sottili, occhi color cenere e un naso aquilino.

"Va bene," disse. "Secondo piano."

Un poliziotto giovane, con accento romano, accolse la donna con un distratto "dica" dall'intonazione interrogativa.

"Devo dire che il mio ex marito ha preso i miei tre figli e non è più tornato."

"Vada dall'ispettore Zoller: prima stanza a destra in corridoio."

La donna bussò.

Un "avanti" stanco la autorizzò ad aprire la porta.

"Si accomodi," disse un uomo in borghese, sui cento chili, con enormi baffi sale e pepe. "Di che si tratta?"

"Devo denunciare la scomparsa dei miei figli. Penso che li abbia presi mio marito."

L'ispettore Zoller tirò fuori il fazzoletto dalla tasca dei pantaloni e si asciugò la fronte. Ottobre al trentottesimo parallelo era come agosto al quarantasettesimo: lo sapeva, lo aveva sempre saputo, glielo avevano spiegato nelle ore di geografia, ma scoprirlo ogni anno, dopo vent'anni di servizio a Palermo, gli procurava un certo fastidio.

"Si segga e mi dia un documento."

La donna aprì una borsetta di pelle lucida con la chiusura a scatto finto oro. Tirò fuori la carta di identità. L'ispettore lesse ad alta voce: "Savasta Rosaria, nata a Palermo il 27 giugno del 1953, ivi residente in via Ettore Li Gotti 11. Conferma?"

"Sono io."

"Procediamo: riassuma quel che intende denunciare."

"Io e mio marito, il mio ex marito anche se non ci siamo ancora separati per la legge, lui si chiama Vito Carriglio, ecco, io e mio marito abbiamo deciso che i figli lui li può vedere due volte al mese, sabato e domenica. Se li è presi sabato scorso, alle dieci del mattino, oggi è mercoledì, e io non so più niente di lui e dei miei figli."

"Come si chiamano i bambini?"

"Giuseppe Carriglio, Salvatore Carriglio e Costanza Carriglio: dodici anni, dieci anni, sei anni."

"Ha controllato lì dove vive suo marito?"

"Certo."

Rosaria Savasta fulminò con lo sguardo la montagna umana che aveva davanti: non si dubita dell'intelligenza di una donna siciliana. Soprattutto se la donna in questione è figlia del boss Giuseppe Savasta detto "Tempesta" e si sta rivolgendo alla polizia, contravvenendo a uno dei primi divieti di Cosa Nostra.

L'ispettore si limitò a prendere appunti e a trasformare in linguaggio burocratico la furia che quella donna sprigionava dagli occhi color cenere. Un quarto d'ora dopo, mentre mezzogiorno rintoccava sulle campane della cattedrale arabo-normanna, Rosaria Savasta firmava la denuncia di scomparsa dei suoi tre figli. Accluse tre foto che si era portata dietro, prevenendo la richiesta della questura: la figlia di un boss sa sempre come pensa la polizia.

Alle sei del pomeriggio il capo della squadra mobile, Antonio

Gualtieri, mi confermava che quella mattina una donna aveva presentato una denuncia di scomparsa di tre minori.

"Si chiamano Carriglio?" chiesi subito.

Gualtieri restò in silenzio.

"E tu come fai a saperlo? Te l'ha detto uno dei miei?"

"È una storia strana. Mi hanno fatto una telefonata anonima."

"Quando?"

"Ieri."

"Vieni subito qui e ne parliamo."

Il capo della squadra mobile non voleva commentare il ritorno in campo dei campioni del mondo Dino Zoff, Antonio Cabrini e Pablito Rossi. La partita era un po' più dura.

Alle otto e mezzo di sera, dopo un imprecisato numero di caffè che mi avrebbero tenuto sveglio fino a notte fonda, raggiungemmo il seguente accordo: io avrei detto a Gualtieri tutto quel che scoprivo sul caso, e lui mi avrebbe raccontato in esclusiva le evoluzioni reali dell'indagine. Il filo diretto con l'anonimo l'avevo io, e il premio per me era sapere tutto prima degli altri. Tornai a casa soddisfatto.

* * *

Fabrizio stava provando alla chitarra un pezzo di Villa Lobos, che prevedeva un arpeggio da Houdini. Serena era rannicchiata sul divano, vicino alla lampada da architetto che illuminava l'angolo: leggeva *Il rosso e il nero*. Cicova si aggirava per il salotto cercando tracce olfattive che lo conducessero a un qualunque cibo.

Nell'insieme sembrava un quadro quieto e borghese.

"Dove sei stato?" mi chiese Fabrizio fermando le dita sulle corde.

"Questura, una cosa un po' noiosa."
Serena alzò lo sguardo su di me.
"Meglio così. Se fosse stata una cosa malinconica eri fregato."
"In che senso?"
"Senti cosa scrive Stendhal." Si mise seduta bene, con la schiena dritta da speaker radiofonico, e cominciò a leggere con la sua erre dolce: "Se siete malinconico, è segno che qualche cosa vi manca, che non siete riuscito in qualche cosa. *È un segno manifesto d'inferiorità*. Invece, se siete annoiato, è inferiore ciò che ha cercato vanamente di piacervi." Poi rise. "Che si mangia, meridionali?"

Villa Lobos fu riposto nella custodia rigida, io andai in cucina e aprii una scatoletta di Petreet a Cicova. Poi misi su l'acqua per la pasta.

"Aglio, olio e *muddica atturrata*," gridai per farmi sentire in salotto.

"Grazie, giornalista," rispose squillante Serena.

"Se vuoi *atturro* la mollica," disse Fabrizio entrando in cucina.

Si trattava di far tostare lentamente, in padella, un po' di pangrattato con aggiunta di sale, olio e, secondo un uso che avevo introdotto due anni prima, una grattatina di noce moscata. Finché il pangrattato diventava bruno. Poi lo si usava come fosse parmigiano sulla pasta Tomasello al dente, già condita con l'olio di frittura lunga dell'aglio e il prezzemolo tritato. Accettai l'offerta d'aiuto. Aprimmo una bottiglia di Corvo bianco.

Dopo cena telefonò Simona, un'amica di mia sorella che voleva farmi leggere l'inizio di un romanzo. Le dissi di passare subito, se aveva voglia. Le prime pagine erano un po' noiose, per fortuna non malinconiche. Mi complimentai molto, lei si illuminò, quindi facemmo l'amore con una certa dolcezza.

L'indomani mattina, alle sette meno un quarto, preparai la

colazione per tutti: caffè, tè, latte Stella a lunga conservazione, biscotti Oro Saiwa, un pacchetto di Pavesini aperto, tre tazze sul tavolo della cucina.

Mentre loro dormivano, io tornai a cercare Vito Carriglio. O, quantomeno, sua moglie.

***

"Che ti ha detto il capo della mobile?"

"Si può fare. L'accordo c'è. Loro dicono tutto a noi, noi diciamo tutto a loro."

"Hai capito chi sono questi qua?"

"Lei è figlia di uno che sarebbe un boss. Lui, il marito, è un mezzo *malacarne*. Manovalanza di mafia, al massimo."

"E com'è possibile che la figlia di un boss si rivolga alla questura?"

"Per sfregio verso il marito. Se chiedeva solo alla famiglia era cosa normale; farlo cercare dagli sbirri, per questo mezzo *malacarne*, è una punizione terribile."

"Datti da fare, allora. Vorrei pubblicare oggi il primo pezzo."

Il capocronista stava sfogliando le pagine del giornale concorrente, che usciva al mattino. Un lenzuolone perbenista e all'antica, su cui però ogni palermitano cercava i necrologi e le notizie di matrimonio: gli unici due parametri oggettivi che indicavano il successo di un organo di stampa. Noi eravamo un giornale del pomeriggio, più piccolo anche di formato, più impegnato, più battagliero, più intelligente, e quindi più povero. Una povertà dickensiana: orgogliosa e onesta.

Mi misi in cerca di Rosaria Savasta. Il capo della mobile mi aveva dato la fotocopia della denuncia con tutti i suoi dati. Trovai via Li Gotti sullo stradario.

Acqua dei Corsari. A due passi dal mare lungo cui correva via Messina Marine, la strada litoranea che ogni sabato della mia infanzia avevo percorso in automobile con mio padre, mia madre e mia sorella per andare nella nostra microcasa a Porticello. Ricordavo gli scogli e poi l'immondizia sulla Statale, appena fuori Palermo. Ma al termine di quel viaggio, tra giardini di arance e limoni, superati paesi dai nomi per me insignificanti – Ficarazzi, Ficarazzelli – c'era il mio paradiso privato. La microcasa sull'acqua, con il mare che batteva sotto la finestra della stanza da letto mia e di mia sorella. Lì imparai tutto quel che so della vita: nuotare, governare una barca, pescare, difendermi dalle meduse, fare caccia subacquea, pulire un pesce, baciare una ragazza sugli scogli, costruire una *strummula* – una trottola artigianale che si aziona con un cordino –, guardare le stelle nella notte sul mare, quando le luci del nostro mondo, a metà degli anni Sessanta, erano talmente povere e basse da non disturbare il sogno a occhi aperti di chi cercava le costellazioni.

Presi la Vespa e tornai su quella strada.

Via Ettore Li Gotti era una U che partiva da via Messina Marine e finiva in via Messina Marine. Un gomito pieno di brutte costruzioni anni Cinquanta. Il numero 11 era una palazzina a due piani con i balconi sbreccati. C'era un solo pulsante sul portone, senza nome accanto. Suonai. Una voce di donna chiese chi fosse. Dissi il mio nome: volevo parlare dei tre bambini.

Mi rispose il silenzio.

"Signora Savasta, potrei esserle davvero d'aiuto."

Lo scatto del portone fu la risposta finale.

Tutta la palazzina era dei Savasta-Carriglio, probabilmente più dei primi che dei secondi.

***

La scala odorava di Lysoform, il passamano era di metallo anodizzato. Una donna minuta, dalla faccia spigolosa, aspettava sul pianerottolo. Mi studiava mentre salivo gli ultimi gradini che portavano al secondo piano.

"Signora Savasta?"

"Chi è lei?"

Ripetei il mio nome, seguito da: "Sono un giornalista, so qualche cosa della sparizione dei suoi figli."

"Ah": un verso che poteva essere un "si accomodi".

L'ingresso era buio. Entrai e lei chiuse la porta.

"Niente, è il giornalista," disse con lo sguardo verso un'altra stanza.

"Ah," rispose una voce di donna matura.

Poi la signora Savasta mi guardò di nuovo, con meno sospetto; era solo un invito a seguirla in salotto.

Dalle finestre si vedeva il palazzo di fronte, più alto, più brutto. Un pagliaccio a olio decorava la parete alle spalle di un enorme divano in stile Luigi Filippo. Il tavolino davanti al divano era coperto di disegni a pastello fatti su cartoncini scolastici. Un astuccio era posato lì accanto. Una televisione grande, nell'angolo, sembrava raccontare le sere che i bambini passavano lì.

La donna mi fece segno con il mento, alzandolo di qualche grado, per invitarmi a sedere sul falso Luigi Filippo.

"Grazie."

"E ora mi dice quello che sa e quello che vuole sapere."

Da spigolosa, era diventata acuminata.

"Signora Savasta, ho ricevuto una telefonata anonima sui suoi figli."

"E che cosa dissero?" chiese senza lasciar trasparire nulla.

"Che Vito Carriglio ha fatto scomparire i suoi tre figli."

"Questo lo so già."

"Sì, ma a me l'hanno detto prima che lei andasse in questura."

"Quel cornuto di mio marito," mormorò.

La donna cominciava a realizzare: altri erano al corrente.

"Che parole usarono esattamente?" chiese.

"Che Vito Carriglio ha *fatto scomparsi* i suoi tre figli."

"Tre giorni fa… *Fatti scomparsi*…"

Gli spigoli del suo viso erano diventati marmo: un cattivo presagio, quell'espressione – *fatti scomparsi* – che nella "famiglia" usano per significare…

"Signora, mi può dire che tipo è suo marito?"

"L'ho detto a quell'ispettore del Nord. Loro lo sapevano già: è un *fissa*. Uno che in famiglia mia lo considerano un *mafallannu*, uno che non sa fare niente."

"E lei come lo considera?"

"Io faccio parte della famiglia mia."

"Ma con uno così lei ha fatto tre figli."

"Cose che succedono," commentò, aggiustandosi la gonna color topo.

Non sapevo come convincerla a raccontare. Capivo che era abituata al dominio, al silenzio del potere. Figlia di un boss, ma sposata con un *fissa*: non capivo perché avesse deciso di passare la vita con un mediocre imbottito di cocaina, che andava in giro con il giubbotto antiproiettile.

"E un anno fa gli hanno sparato. A suo marito, dico."

"Storie di famiglia," replicò lei da dietro uno scudo siciliano fatto di sguardo fisso e tono basso.

La voce di donna matura, dall'altra stanza, chiese: "Gliel'offristi *'u cafè*?"

"No, Assunta. Lo vuole?" mi domandò Rosaria Savasta. Aggiungendo dopo una breve pausa: "È mia sorella grande, che è signorina: è venuta a stare qui da quando Vito si è portato i bambini."

"No, grazie. Mi basta un poco di Idrolitina, se non disturbo."

"Assunta, il giornalista vuole acqua effervescente. Anche ai miei figli gli piace."

Forse avevo trovato la prima fessura.

"Mi può spiegare che cosa pensa di fare la sua famiglia con Vito?"

"E perché? Che mi rappresenta lei, con rispetto parlando?"

"Uno che può aiutarla: lei vuole trovare i suoi figli, e io voglio darle una mano. Se so una cosa, gliela dico subito. E lei deve fare lo stesso. Così io posso raccontare la vera verità sul mio giornale."

"Mio marito non merita la verità. La verità è per le persone oneste. Uno che si prende a tradimento i suoi figli è disonesto e vigliacco."

"E invece a voi, in famiglia, vi piacciono quelli onesti."

"A mio padre piacciono gli uomini. Non i mezzi uomini che vanno a fare le rapine dal tabacchino, quelli che si ubriacano, che si drogano e non capiscono più niente, i mezzi uomini che alzano le mani sulle mogli…"

Le mani sulle mogli, azione privata e concreta. Come tutte le altre che scandivano il comportamento della vecchia Cosa Nostra alla fine degli anni Settanta: non si fanno buffonate, non ci si droga e non si picchiano le donne. Mai.

Mi guardò mentre bevevo l'Idrolitina che mi aveva portato sua sorella Assunta, un corvo asciutto dagli occhi incavati. Lo sguardo di Rosaria era neutro. L'elenco che aveva fatto sembrava una lista di articoli del codice penale, pronunciata da un cancelliere: un tono lontano dal risentimento, la voce incolore della giustizia.

"E mio padre un giorno si è *siddiato*. Seccato, mi capisce."

"E gli ha fatto sparare."

"Non l'ho detto."

"Va bene. Qualcuno sparò a Vito, che dopo se ne andò a vivere da qualche parte."

"L'ho buttato fuori io."

"Vi eravate messi d'accordo per fargli vedere i bambini."

"Che ci vuole fare: sempre il padre è."

"Due volte al mese."

"Esatto. Veniva di sabato mattina, loro scendevano. E poi la domenica sera ritornavano. Io chiedevo e loro mi dicevano: papà ci ha portati a mangiare i ricci, papà ci ha portati a sparare alla fiera, papà ci ha comprato lo zucchero filante… Chiedevo se aveva fatto cose strane e loro mi dicevano che era sempre sudato, agitato, che non gli raccontava niente, che però gli comprava sempre qualcosa."

"Avete litigato, di recente?"

"Sì, una sera. Davanti ai bambini. Gli dissi che non poteva riportarmi a casa i *picciriddi* in quelle condizioni: sporchi, con i vestiti macchiati, stanchissimi. Rispose che dovevo stare zitta, sennò mi ammazzava. Mi presi pure due schiaffi. E i bambini erano lì che guardavano. Poi se ne andò."

"Lo ha detto a suo padre?"

"E che dovevo fare? Due settimane dopo, quando tornò con i bambini, c'era qui ad aspettarlo anche lui. E disse a Vito cose terribili, senza gridare: che non era un uomo, che non ci si comporta così, che se continuava…"

"Che cosa?"

"Niente. Però Vito ha sempre avuto paura di mio padre. Se ne andò di colpo, senza salutare; diciamo che scappò."

"Lei lo sa dove andavano a dormire i bambini il sabato sera?"

"Da mia cognata. A Passo di Rigano."

"Ha chiesto a lei?"

"Certamente."

Mi fulminò con gli occhi: domanda stupida, risposta gelida. Quell'avverbio risuonò come un gong. Fine del round.

Ringraziai per l'Idrolitina e salutai, sapendo che non avrei scritto una riga. Quel colloquio, mi aveva detto lei con lo sguardo, accomiatandomi, non era mai avvenuto.

* * *

Cosa Nostra non ha mai dato, in apparenza, un grande ruolo alle donne. Le consegnava ai mariti, e loro, gli uomini, affidavano alle mogli la famiglia naturale. Un matriarcato silenzioso, che ha ispirato persino Tomasi di Lampedusa: il ruolo di Fabrizio Corbera, principe di Salina, centrale nel racconto e nell'analisi storica, è secondario quando poi la porta di casa Salina si chiude. È la moglie, Maria Stella, il vero capo delle relazioni familiari. Sa tutto del marito, delle sue debolezze, lo lascia giocare come si fa con il gatto di casa, e intanto è lei a gestire la vita di tutti.

Ninetta Bagarella, sorella minore di un boss sanguinario, Leoluca, venne data in sposa nel 1974 a Totò Riina, il migliore amico di un altro suo fratello, Calogero. Fu un modo per rinsaldare i rapporti, sigillare il vincolo tra famiglie, ottenere una maggiore potenza di fuoco. La signora Bagarella Riina, presentata sulle enciclopedie online come "insegnante e criminale italiana", è lo specchio perfetto del pragmatismo matriarcale siciliano. È consapevole del proprio ruolo, ha sposato il capo dei capi durante la latitanza, ha dato alla luce quattro figli, alcuni dei quali attualmente ospiti del sistema carcerario italiano, è stata condannata a risarcire, per conto dei Riina, tre milioni e trecentosessantamila euro alla famiglia Borsellino, e davanti a ogni giudice s'è sempre detta una donna innamorata.

Cosa Nostra non ha mai applicato le quote rosa. Non ne ha avuto bisogno.

***

"Ciao, giornalista. Stasera la casa è terra di nessuno."
"E Fabri?"
"Calcio. Non ti ricordi che il tuo amico è prima un atleta e poi un uomo?"

Serena era a piedi scalzi, aveva addosso una camicia azzurra a righe da uomo, short chiari, e il suo indice destro teneva il segno circa a due terzi de *Il rosso e il nero*.

"Giornata piena?"
"Siamo stati a Mondello: pane e *panelle* passeggiando sulla spiaggia. Un gabbiano ci ha seguiti pulendo la sabbia dalle briciole che cadevano. Fabrizio mi ha parlato della prossima estate. Volete davvero andare un mese in Francia?"
"Parigi, più che Francia. C'è una ragazza…"
"E io vengo con voi."
"Fabri è d'accordo?"
"Mi vuole."
"Anch'io." Corressi: "Anch'io sono contento se vieni in Francia."

Sorrise posando il libro e piegando l'angolo in alto a destra della pagina.

"Sai a che ora torna dal calcio?"
"Tardi: partita e poi pizza con la squadra. Tu esci?"
"No. Volevo leggere, vedere la tele. Musica. Non so."
"Mangiamo?"
"Posso fare spaghetti con l'uovo di tonno. L'ho comprato l'altro giorno alla Vucciria."

Serena mi prese per mano e mi trascinò in cucina, come per un'emergenza.

"Allora al lavoro, giornalista. Veloce, ho fame. Voglio l'uovo, il tonno, gli spaghetti, tutto quel che c'è."

Riuscii a buttare al volo la sahariana sul divano, mi lavai le mani nel lavello.

"Tu lavori, io faccio la disc-jockey."

Riconobbi le prime note di *My Favourite Things* di Coltrane: pianoforte, basso, batteria. E poi il sax ipnotico che entrava. Amavo le serate che nascevano dal caso e dal jazz.

In un quarto d'ora l'acqua bollì. Giusto il tempo di grattugiare l'uovo di tonno, far scaldare dell'aglio in un pentolino con il peperoncino, tritare il prezzemolo, scegliere gli spaghetti, apparecchiare, aprire una scatoletta a Cicova, trovare un vino bianco in frigo da finire.

Serena giocò a fare l'ospite. La trovai seduta a tavola, si era legata i capelli in una coda. Conoscevo il peso e la consistenza dei suoi capelli, e non mi dispiacevano. La servii con deferenza.

"Che hai fatto oggi? Quanta gente hai ammazzato?" mi chiese.

"Io li conto soltanto. Gli altri fanno il lavoro."

"Quanti?"

"Nessuno. Però ho visto una donna che cerca i suoi figli."

"Dove li ha persi?"

"Se li è presi il marito, uno violento, un mezzo mafioso. Una storia di famiglia difficile."

Serena smise di chiedere. Finiti gli spaghetti, mi obbligò a cercare in casa un po' di rum: "Voglio sapere com'è."

"Dolciastro," le risposi, "è fatto con la canna da zucchero. Dovresti provare il whisky."

"Non mi piace neanche la parola. Voglio qualcosa di dolce."

Trovai il rum, nascosto dietro una bottiglia di succo Yoga alla pesca, nella dispensa. Lo aveva portato un amico di mia sorella, che voleva fare a casa nostra un cocktail descritto, secondo lui, in un libro di Hemingway.

Serena bevve un sorso di rum. Fece una faccia da orchidea e mi guardò.

"E tu, giornalista?"

"A me invece la parola *whisky* piace."

Me ne versai due dita. Mi sedetti sul divano, Serena tolse Coltrane e mise *Kind of Blue*, Miles Davis. Il primo pezzo era come una domanda ininterrotta: *So What*. Serena mi guardò con una faccia da *so what*. E allora?

Si sedette accanto a me. Erano le nove di una sera tiepida d'autunno. La camicia di Fabrizio che aveva addosso lasciava intravedere la nudità sotto. Il suo seno, non grande, aveva equilibrio e perfezione, doti in quel momento pittoriche più che erotiche. Anche se.

Anche se lei si era accucciata accanto a me, un po' troppo accanto a me, e avevamo due ore, forse tre, per poter mettere in pericolo i sensi. Le chiesi di Stendhal.

"Ti insegna a valutare l'amore."

Mi confessò di essersi innamorata del personaggio di Julien Sorel. Le dissi che le storie fatte di carta e di parole di solito finiscono male. Le citai a memoria, quindi male, una frase di Henry Miller che in quegli anni mi faceva da guida: "Tutto ciò che non accade sulla strada è falso: letteratura."

Lei sorrise, cogliendo il senso di realtà che volevo darle.

Poi le chiesi dell'arte del Seicento.

Fece una smorfia. Miles Davis non andava d'accordo con Annibale Carracci. E lei in quel momento aveva scelto *So What*.

"E allora?"

Mi guardò dentro. Trovò un certo disordine.

"Allora cosa?" Deglutii.

"Dico tu. Le altre donne. Quella Simona dell'altra sera. Ma che stai facendo? Ti dai via senza peso?"

"Non ho scelto. Mi piace così e basta, non trovo niente di più che il piacere di una sera, di due se la storia è importante."

Buttai giù un sorso di scotch, rivolgendo una preghiera mentale al Bogart di *Acque del Sud*. Serena mi prese la mano: la sua pelle era asciutta. Il mio ritmo cardiaco divenne sincopato, Bill Evans al piano teneva il tempo.

"Ma se io fossi una ragazza che arriva in vacanza a Palermo, se mi conoscessi a una festa, se ti facessi ridere e tu mi facessi ridere, e poi venissimo qui a casa… Lo faresti o no l'amore con me?"

"Ma tu sei la ragazza di Fabrizio."

"Scemo, la mia domanda è astratta. Lo faresti o no?"

"E la mia risposta dev'essere astratta?"

"Sì o no?"

"No."

Mi guardò con occhi di sfida.

"Perché?"

"Perché sei la ragazza di Fabrizio. Non ci può essere astrazione in questo."

"Sei davvero troppo legato alla realtà: un giornalista. Però sei tenero."

Il suo seno, nascosto male dalla camicia, sembrava annuisse. Trovava giusto il ragionamento. Mi sentii scemo, però eroico. Il codice d'amicizia questa volta, a differenza di altre, era stato rispettato.

Serena lasciò la mia mano, inumidita dall'accelerazione cardiaca mentre la sua era ancora perfettamente asciutta. Tornò al giradischi, interruppe *Blue in Green* e mise su un cantante visto a Sanremo che non era male. Scelse una canzone che si chiamava *Vita spericolata*. Mi fece alzare dal divano.

"Va bene, giornalista. Ma almeno balliamo."

Accennai qualche passo sconclusionato, distante da lei. Osservavo il suo movimento perfetto, la curva dei fianchi mostrata di tanto in tanto dall'aderire della camicia al corpo, la forma tondeggiante e alta del sedere, disegnato dagli short chiari. Era bellissima, sicura di sé, pericolosa.

Sì, farei l'amore con te, pensai. E fuggii con una scusa stupida nella mia stanza.

Alle undici Fabrizio rientrò. La nostra amicizia era salva.

* * *

Provai inutilmente a prendere sonno. Un paio d'ore a rigirarmi nel letto, sfogliare un libro, non capirlo, buttarlo via. Spegnere. Riaccendere. Centoventi minuti in cui ascoltai, dentro di me, la mia voce dire no a Serena. "No. Perché sei la ragazza di Fabrizio." Un vero deficiente, però onesto, eroico. Serena mi attraeva più di Simona e di tutte le altre che in quel periodo passavano da casa. Mi teneva a distanza da lei una congiunzione avversativa che era una scritta gigantesca, al neon, lampeggiante dentro la mia testa. Una sola parola, di uso comune: PERÒ. "Serena mi piace moltissimo, PERÒ è la ragazza del mio migliore amico." Pensai all'attrazione che può esserci tra un uomo e una donna, solida come un cubo di porfido, da toccare, di cui non puoi fare a meno in alcun momento della tua giornata, amuleto sentimentale da portarti dietro, sensazione fisica che traversa i muscoli, pensiero sul quale misurare tutti gli altri pensieri. Sentivo per Serena l'attrazione densa del marmo, la concretezza del mio desiderio. PERÒ. Però non sarebbe successo niente.

In quel dormiveglia agitato fatto di ricordi accavallati, specchi e immagini riflesse, mi rividi poi al pomeriggio, a casa di quella donna minuta e spigolosa. Risentii la sua voce raccontare le "mani alzate" su di lei. Un uomo febbricitante di cocaina e di follia che picchiava la propria moglie, la madre dei propri figli. Un demente violento, pensai, ma pur sempre la metà di una coppia. Vito e Rosaria. Come Fabrizio e Serena. Come me e Serena. Come Simona e me. Diversi tipi di attrazione, varianti dell'amore. Alcune malate, altre letterarie, altre ancora ossessive.

Ritrovai lucidità e accesi la luce. Non avevo sonno, non avevo mai sonno in quegli anni a Palermo. Un neurologo amico di mio padre, da cui ero andato l'estate prima dopo quindici giorni di quasi veglia, mi spiegò – ricorrendo a una metafora – che il mio disturbo del sonno era provocato da "un arricciamento della corteccia cerebrale". Il mio cervello era "arricciato": aveva i brividi. Per difesa, pensai; così come fa il polpo quando vede arrivare un nemico. Contrae i muscoli e la sua testa diventa compatta, ruvida. Io lo facevo per difendermi dalla mia vita: la vita di un ragazzo di ventiquattro anni che tornava a casa con le suole delle scarpe sporche di sangue umano. Una vita non comune: varia e avariata.

Spensi la luce al mio risveglio, poco dopo le sei. Ero crollato sotto il peso dell'autocommiserazione. Nel giro di un'ora sarei dovuto essere al giornale. Riferire tutto. Controllare che le suole non macchiassero il linoleum.

* * *

La stima che fa lo scrittore Enrico Deaglio è di diecimila morti nel Sud, nel giro di una decina d'anni. Qualcosa meno di quanti persero la vita in Kosovo. Ma lì intervenne la Nato. A Palermo, invece, mandarono un po' di poliziotti e qualche carabiniere. Migliaia di persone vennero assassinate o "fatte scomparse", cioè rapite e uccise, durante la seconda guerra di mafia che scoppiò sul finire degli anni Settanta e si concluse nel '93. Corpi che non si sono più trovati, una generazione di mafiosi sterminata, lo Stato fatto a pezzi, una lista infinita di nomi che ci costringono all'inchino: Boris Giuliano, Gaetano Costa, Piersanti Mattarella, Michele Reina, Pio La Torre, Carlo Alberto dalla Chiesa, Rocco Chinnici, Emanuele Basile, Mario D'Aleo, Ninni Cassarà, Giovanni Falcone, Paolo Borsellino... Giudici, politici perbene, poliziotti, carabinieri. Alcuni sono noti anche nel resto d'Italia, altri no.

Erano anni di guerra non dichiarata. Gli inviati dei grandi giornali venivano spediti di tanto in tanto a Palermo con la casualità che muove la vita degli inviati al fronte: oggi a Beirut, domani a Belfast, dopodomani a Palermo, per cercare di capire in poche ore perché i corleonesi non fossero più alleati della cosca di Passo di Rigano. Noi giovani giornalisti guardavamo le grandi firme piombare sulle nostre giornate e pensavamo che fossero un dono: qualcun altro si sta occupando di Palermo, dentro questo nostro acquario alimentato a sangue. Venivano, provavano a capire, scrivevano, ripartivano. Poi, per chi restava, ricominciava la routine di morte.

Una mattina, poco prima delle otto, venni mandato in via Messina Marine per un omicidio: avevano sparato a un venditore ambulante di pesce. Il suo banco era in realtà un carretto basculante, quel giorno carico solo di gamberoni. Il corpo del pescivendolo era sul marciapiede, immerso insieme con i crostacei in una larga pozza di sangue. S'è conficcata nella mia memoria l'immagine di quei gamberi che galleggiavano nel sangue del loro vendito-

re. Mi sembrò un'incomparabile raffinatezza la complementarità dei due rossi. Quella fu un'altra delle mattine in cui le mie suole si sporcarono.

* * *

La mattina dopo, al giornale, presi il primo caffè del mattino con Matilde, una redattrice degli Spettacoli con la quale due anni prima avevo avuto una fugace storia. Abitava in un bilocale al secondo piano di un palazzo ottocentesco che si affacciava sul porto. Le luci gialle dei lampioni sul lungomare filtravano nelle notti attraverso le persiane, proiettando sul muro buio a sinistra del suo letto una scaletta color uovo. Facevamo l'amore illuminati solo da quel chiarore. Poi al mattino, prima delle sette, uscivamo per raggiungere il giornale: lei una strada, io un'altra. Non arrivavamo mai insieme. E in redazione ci ignoravamo. Si viveva già ragazzi in una clandestinità non necessaria, spinti da quel che la città ci insegnava.

Quel giorno, prendendo il caffè insieme, facemmo piccole chiacchiere sulla situazione politica cittadina. Poi lei mi raccontò del nuovo spettacolo che Michele Corrieri stava preparando con i giovani attori di Scenikos: si sarebbe ispirato alla guerra di mafia, trasfigurata come un dramma greco. Accennai all'inchiesta che stavo seguendo. Mi carezzò il viso: la barba rese meno intimo il gesto.

Tornai nella stanza della Cronaca e andai dal capo. Erano le sette e dieci e la sua adrenalina era già a livelli pomeridiani. Quando riattaccò il telefono con violenza, mi guardò come se fossi in divieto di sosta.

"Ho parlato con la moglie di Carriglio," cominciai.
"Che ti ha detto?"

"Che è un bastardo, che la picchiava anche davanti ai bambini, che un anno fa suo padre, Tempesta, gli ha fatto sparare."

"Ti ha detto esattamente così?"

"Come se."

"Come se, un cazzo."

"Tanto non posso scrivere niente: il colloquio con Rosaria Savasta ufficialmente non è mai avvenuto."

A quel punto il capo mi avrebbe multato. Forse avrebbe pure chiamato il carro attrezzi.

"E allora?"

"Allora vado a parlare con il capo della mobile, Gualtieri."

Non ce n'era bisogno. In quell'istante il mio compagno di scrivania, Roberto Pozzallo, cronista di giudiziaria, basso, unto, figlio di agrari ricchi, gridò il mio nome accompagnato da: "Sbrigati! C'è Gualtieri al telefono!"

Il capo della mobile disse soltanto: "Abbiamo arrestato Vito Carriglio." Poi aggiunse: "Ciao" e riattaccò.

Dieci minuti dopo ero davanti alla sua porta.

"Si accomodi, il dottore la aspetta," fece una guardia seduta a un banco che sembrava quello delle elementari: leggermente inclinato, scuro e con la scanalatura per i pennini.

Gualtieri era alla sua scrivania e stava giocherellando con il gagliardetto della Juve che usava come fermacarte, piantato in una piccola base di legno.

"Il *brutto cliente* lo abbiamo preso a Santa Flavia. Era in una trattoria, ce lo ha segnalato un informatore del porto peschereccio. Lo abbiamo fermato per sottrazione di minore."

"E i bambini?"

"Non c'erano. Non ha voluto dire niente."

"Avete parlato con la moglie?"

"Non ancora. Volevo prima sapere che cosa ti ha detto. So che sei andato a trovarla," disse posando il gagliardetto.

Mi immaginai di essere stato seguito. Gli accordi con la polizia sono sempre così: qualcuno è più d'accordo di un altro, e l'altro non lo sa.

"Ok. Mi ha detto che lui la picchiava anche davanti ai figli. Che la famiglia Savasta non lo sopportava e lo considerava un mezzo uomo. Sul ferimento dell'anno scorso ha fatto un'allusione secondo me chiarissima: Tempesta ha ordinato che lo ferissero."

"Per avvertirlo di che?"

"Che doveva essere più educato."

"Allora lui si è arrabbiato, e pazzo com'è ha voluto punire moglie e suocero nascondendo i bambini," ragionò ad alta voce Gualtieri.

Poi mi congedò chiamando al telefono il suo segretario. Gli chiese di passargli il magistrato che aveva autorizzato l'arresto. Il tempo era scaduto; potevo tornare al giornale e scrivere il mio pezzo sulla storia.

Tre ore dopo la prima copia usciva dalla rotativa, nei sotterranei della palazzina in centro della nostra sede. Titolo: "Rapisce i figli: arrestato." Catenaccio: "È Vito Carriglio, genero del boss Tempesta. Non vuole dire dove li tiene nascosti." Seguiva la mia firma.

Il direttore mi convocò nella sua stanza insieme al capocronista per complimentarsi. Non era mai successo. Sentivo il bisogno di chiamare mio padre, di dirlo a mia madre, di abbracciare Serena. E l'ordine non era esattamente questo.

Tornai a casa dopo un secondo giro in questura, nella speranza che trapelasse qualcosa sul detenuto Vito Carriglio. Nessuno sapeva niente di più di quanto avessi scritto. Aprii la porta di casa giusto in tempo per sentire squillare il telefono.

"No, dovrebbe essere ancora al giornale."

"Fabri, sono qui."

"Ah, eccolo, è appena rientrato. Glielo passo." Mise una mano sulla cornetta e mi disse: "Il centralino."

"Devi tornare subito, il capo ti vuole: Carriglio ha detto di aver ammazzato i suoi tre figli."

* * *

Non tolievo quei jeans e quella camicia da quasi quattordici ore. In Cronaca c'era fibrillazione. Il capo mi chiamò al suo tavolo.

"Ho parlato con Gualtieri mezz'ora fa. Quel pazzo di Carriglio ha detto al pm di aver ammazzato i suoi figli e di averli sepolti nel bosco della Ficuzza. Lo ha detto ridendo. Il pm ha chiamato subito Gualtieri e, in nome dell'accordo che avete, lui ha cercato prima te e poi me."

"Qualcuno è andato alla Ficuzza?"

"Aspettavo te. Carriglio ha indicato un agriturismo a un paio di chilometri da dove uccisero il colonnello dei carabinieri Lo Turco. C'è un casolare di proprietà del sindaco di Corleone. I corpi dovrebbero essere sepolti tra il casolare e l'agriturismo. Gualtieri è andato lì con fotoelettriche, genio militare e cani poliziotto."

"Vado subito."

"Ma non in Vespa. Chiama Filippo, deve fare le foto. Prendete la sua macchina."

Dopo un quarto d'ora Filippo Lombardo mi aspettava davanti alla portineria sulla sua 127 bianca. La FM2 già al collo, le altre nella borsa. Cinquanta chilometri, nel buio fresco di un ottobre sulle Madonie, tra montagne che sembravano tutto tranne che Sicilia; boschi di castagno, vallate nere. E tra il casolare e l'agriturismo, un'ora dopo, la luce abbagliante delle fotoelettriche.

Il pm aveva autorizzato Carriglio a presenziare agli scavi. Vidi per la prima volta quell'uomo: era seduto su un tronco d'albero, ammanettato, tra due agenti di polizia penitenziaria che lo avevano condotto con un cellulare dall'Ucciardone fino al luogo dove diceva di aver sepolto i corpi dei suoi bambini. Carriglio fumava una sigaretta, tenendola tra indice e medio della mano destra. La sinistra era quasi giunta alla destra, per via delle manette, in uno strano gesto che poteva sembrare di preghiera. Era un uomo corpulento, la tuta dei carcerati gli tirava sulla pancia. La sua pelle sembrava riflettente: era sudato malgrado il freddo della notte madonita. Ci avvicinammo. Filippo sflesciò. Lui alzò gli occhi verso di noi.

"Giornalisti! A voi vi devo parlare!" urlò. Il suo viso ricordava il mascherone della Bocca della Verità.

"Zitto, Carriglio," gli fece il poliziotto alla sua destra, piantandogli il gomito tra le costole. Lui riprese a fumare, disinteressandosi di noi. Intanto gli uomini del genio militare scavavano dove Carriglio aveva indicato. Le fotoelettriche avevano portato a giorno lo spiazzo.

Io e Filippo andammo in giro sullo sterrato. Gualtieri era a bordo di una volante, parlava alla radio. Riferiva al questore.

Tre bambini uccisi a Palermo, non era una bella notizia; andava gestita con una cura diversa rispetto alle *solite* morti di mafia. Che c'entrava Palermo con una strage di bimbi? Che c'entrava Palermo con la follia di un uomo? Lì la morte era sempre stata somministrata con precisione, in dosi massicce, rispettando il metodo che Cosa Nostra imponeva: mitra, autobombe, corpi sciolti nell'acido, 357 Magnum alla nuca, ma niente improvvisazioni. Il caso, nella liturgia mafiosa, non era previsto; né tantomeno la scheggia impazzita. E l'uomo che avevamo a pochi metri, in manette, sembrava invece un insieme di schegge.

Si scavò per tutta la notte, non venne trovato alcun corpo. Il luogo era pieno di lombrichi, talpe, alberi di manna, ma nessun cadavere di bimbo. All'alba, sfiniti, gli uomini con le pale ricevettero l'ordine di interrompere le ricerche. Carriglio tornò in cella. La sua verità era falsa. Io e Filippo, tramortiti dal freddo e dalla stanchezza, prendemmo la strada per Palermo. Ripensai alle parole della moglie: "Mio marito non merita la verità. La verità è per le persone oneste. Uno che si prende a tradimento i suoi figli è disonesto e vigliacco." La falsa verità di Vito Carriglio, assassino di figli.

Andammo dritti al giornale. Scrissi il pezzo e alle undici del mattino ero già a casa. Rientrando incontrai Serena che faceva colazione. Mi guardò con affetto, mi diede un bacio sulla guancia. Puzzavo. Non provai neanche a scusarmi. Mi infilai sotto la doccia, e poi sotto le lenzuola. Alle cinque del pomeriggio mi risvegliai senza capire dove mi trovassi e, soprattutto, che ore fossero: però i miei genitori mi avrebbero daccapo riconosciuto. E non era poco.

La casa era vuota. Mi ricordai che Fabrizio aveva detto che quella mattina sarebbe partito per Roma: si era iscritto a un corso di tre giorni sulla gestione d'azienda. Un biglietto di Serena, che trovai sul tavolo della cucina, mi diceva che sarebbe tornata a sera. Finiva con un appello: "Devi esserci: dobbiamo parlare di domenica. Previsioni ottime. Voglio andare al mare." Cicova miagolò, intuendo forse il mio stato d'animo: un misto di voglia e di terrore.

Era un venerdì di metà ottobre. Un ottimo giorno per parlare di mare.

* * *

Carriglio dalla cella chiese di incontrare ancora il pm, al quale negò di avere ucciso i suoi figli. Disse che era confuso, che aveva semplicemente voluto spaventare sua moglie e tutta la famiglia Savasta. Il pm chiese che venissero rafforzate le misure di sorveglianza. Non si poteva rischiare che si suicidasse, senza prima aver detto dove teneva nascosti i bambini.

Sabato mattina, Gualtieri mi riferì tutti i particolari che usai per il mio articolo; volevo spiegare ai lettori che Carriglio era un uomo pericolosamente instabile. Capace di tutto.

Consegnai il pezzo pregustando il mare d'autunno. Temperatura prevista ventisette gradi, sole pieno: mi aspettava una domenica con Serena.

Un nostro amico, Antonio, ci ospitò nella casa al mare dei suoi, sulla punta del golfo di Capaci. Una villa che conoscevo bene, con una terrazza che guardava Isola delle Femmine, la montagna spoglia di Sferracavallo, i giardini di arance della piana di Villagrazia. E soprattutto il mare. Un'enorme quantità di mare: turchese, quieto. Da quella terrazza, in altre estati, in altri anni, avevamo aspettato albe e immaginato tramonti. Eravamo andati in cerca del primo bacio, quattordicenni molto rock e poco sesso. Era la nostra età dell'innocenza. Parlavamo d'amore, di politica, di futuro, dei lavori che volevamo fare, dell'anno Duemila che sarebbe stato come il Mille, con bande di anime che avrebbero traversato a bordo di mezzi volanti le nostre città flagellandosi, temendo la fine di tutto, l'inizio di tutto, accompagnati da luci che immaginavamo al laser, di soli colori psichedelici. Una mano, nell'esercizio di fantasia, ce la davano le briciole di Libano o di Marocco che giravano avvolte in piccoli pezzi di stagnola per finire rollate nel virtuosismo dei tre cartine. E poi parlavamo di band dai nomi strepitosi: i Free, i Black Sabbath, gli Yes, i Jefferson Airplane... Erano stati la piattaforma dei nostri sogni. E quella domenica tornavamo nella villa di Antonio, sulla terrazza da cui erano decollati i nostri desideri.

Mia sorella passò a prendere me e Serena alle dieci di domenica mattina. La sua Dyane rossa impiegò un'ora a percorrere i trenta chilometri che ci separavano dalla villa. Antonio era già lì con Peppino, un suo compagno di studi che provava a fare l'architetto ancora prima di prendere la laurea, e con Maristella, una ragazza silenziosa e dall'aspetto mediorientale che aveva aperto una libreria per bambini, la prima di Palermo.

Peppino aveva una villa lì vicino. Suo padre, avvocato penalista di una certa fama, possedeva un Boston Whaler che teneva alla boa.

"Dai, andiamo a fare un giro in barca a Isola delle Femmine," propose appena arrivati. "Costume, e via."

Serena cercò il mio sguardo e fece una smorfia, lasciando cadere per terra la borsa di paglia.

"Sono stanca, ho dormito male. Preferisco restare qui a prendere il sole in terrazza." Cercò daccapo i miei occhi. Distolsi lo sguardo.

"E tu?" mi chiese Peppino.

"Non so, devo leggere i giornali."

"Dai, resta a farmi compagnia," disse Serena che intanto era già in bikini. Indossava, come mia sorella, un due pezzi di cotone a piccoli fiori gialli, con il reggiseno che si annodava dietro e lo slip basso, tenuto sui fianchi da due cordini. Al sole risaltava la sua pelle ambrata, in tono con i capelli scuri.

"È meglio, Peppi: resto a farle compagnia."

Ero stanco, l'idea mi piaceva davvero. Loro quattro andarono via. Li sentii parlare di panini e *sfincione* da prendere al panificio. Sarebbero tornati nel pomeriggio.

Serena si stese su un asciugamano verde, con il viso verso il mare. Da lì, il golfo era una curva perfetta, definita dall'isolotto di fronte e dalla linea dell'orizzonte. Mi stesi accanto, su un altro telo. Pancia giù, come lei. Sentivo il calore del sole allentare i miei muscoli lombari: in quello stato non riuscii a sfogliare nessun giornale. Serena taceva, sembrava si fosse addormentata. Invece mi addormentai io.

Fui risvegliato dalla sua mano che mi carezzava le spalle.

"Giornalista, ti bruci."

Sentii la sua voce e ricordai d'un tratto dov'ero e cosa stavo facendo.

"Grazie, Sere, ma non rischio niente. Ho pelle siciliana."

Mi stiracchiai, girandomi a pancia in su. Lei mi sorrise. Si stava spalmando un po' di olio di noce sul viso.

"Hai dormito un'ora."

"Sono davvero stanco, è stata una settimana tremenda, lo sai." Tirai in dentro i muscoli addominali, l'addome fu come risucchiato dalla mia cassa toracica.

"Chissà che sta facendo Fabrizio," disse Serena posando il flacone di olio abbronzante.

"Studia, lui studia sempre."

"Doveva chiamare questa mattina, non troverà nessuno."

"Non hai il suo numero a Roma?"

"Sì, ma non ho voluto telefonare alle nove di domenica mattina: mi sembrava una cattiveria."

La guardai: Serena non era una da cattiverie, era una da giochi. Giochi pericolosi.

Sfogliai il "Corriere della Sera": la sua grafica mi intimoriva. I suoi titoli di più. Riferiva fatti che sembravano provenire da universi diversi dal nostro. Si parlava di Sud-Est asiatico, di un attentato terrificante contro gli americani in Libano, di scudi stellari. Di scoperte scientifiche. Provai invidia per un mondo esotico e al contempo normale, che appariva così lontano dai miei giorni palermitani.

"Io ho fame," disse Serena.

"Vado a vedere che cosa c'è in frigo."

"È staccato. Ho visto mentre dormivi. Nella dispensa ci sono una scatoletta di ceci e una di tonno."

Scottavo. Dormire al sole mi aveva abbrustolito.

"Vado a fare una doccia, poi ti preparo la migliore insalata del golfo di Capaci."

"Fai presto," disse lei sorridendo.

Mi alzai, e vidi con la coda dell'occhio che si era stesa togliendosi il reggiseno.

Trovai il bagno degli ospiti, mi sfilai il Port Cros, entrai nella cabina doccia. L'acqua era fresca, il getto lento. Sentii il mio corpo tornare a una temperatura stagionale.

Un minuto dopo la vidi. Serena fece scorrere le pareti della cabina e si infilò sotto il getto aderendo al mio corpo. Era nuda. Il suo seno si schiacciò contro il mio torace. Non disse una parola, si girò: il suo sedere sfiorò il mio pene.

L'acqua scorreva su di noi, sentivo il mio cuore battere. Lei si voltò di nuovo verso di me, aprì gli occhi, mi fissò e avvicinò la bocca alla mia, mentre le sue mani mi esploravano la schiena. Poi sentii l'acqua entrare in bocca e il suo bacio finire sulla barba. Non controllai l'erezione: volevo, ma non ci riuscii. Dentro di me lampeggiava la solita scritta al neon: PERÒ. La congiunzione avversativa che suonava come un passo della Bibbia, compendio di ogni buona azione che un uomo possa compiere sulla Terra. E io, inspiegabilmente, volevo compiere una buona azione: controllare l'erezione, azzerare tutto, iscrivere quei minuti a un sogno che sarebbe rimasto chiuso in un armadio, con tutto ciò che di meravigliosamente proibito la vita mi avrebbe riservato. L'armadio dei PERÒ aveva già un pezzo pregiato: Serena nuda accanto a me, i nostri piedi che si intrecciavano, le nostre mani che si toccavano, il desiderio che faceva stretching. Mi sentii un fesso. Lei mi confermò quella sensazione con lo sguardo.

"Va bene," disse uscendo dalla doccia.

Nient'altro.

Preparai l'insalata come se avessi fatto la doccia da solo.

La domenica finì nel silenzio del tramonto, con una birra Messina sorseggiata in terrazza e i racconti di Isola delle Femmine e dei ricci che Peppino aveva raccolto e aperto per tutti. Tornando a casa, sulla porta, Serena mi diede un bacio lieve sulle labbra, cui non mi sottrassi.

"Ti voglio bene," mi disse.

Anch'io, molto. A lei. A Fabrizio. E tutto il bene che volevo al mondo quella notte mi impedì di dormire, costringendomi a sogni sudati: gli occhi da cocaina di Vito Carriglio che urlava: "Giornalisti! A voi vi devo parlare!"; la sensazione del sedere di Serena che mi sfiorava; l'insegna lampeggiante con la scritta PERÒ.

* * *

Oggi ripenso a tutti i no che ho detto e ricevuto. Un bilancio che resta attivo: i sì sono in maggioranza. È stata una fortuna crescere senza troppe privazioni, anche se mi è chiaro che le sconfitte, come le negazioni, fanno crescere più delle vittorie.

137

Sul finire degli anni Ottanta, insieme a un gruppo di amici fidati, provai a giocare a Privazioni, il gioco descritto da un minimalista americano in uno dei suoi libri. Ci mettemmo in circolo, su una di quelle spiagge alla moda, e il primo di mano disse: "Io non sono mai stato in Australia." Chi era stato in Australia doveva dargli una moneta da cinquecento lire: raccolse pochissimo. Gli altri, privi come il dichiarante di quell'esperienza, erano esentati dal pagare. Dopo i viaggi, ben presto giunsero le affermazioni su amori e sesso: "Io non ho mai fatto l'amore in un luogo aperto"; pagarono in cinque. "Io non ho mai avuto esperienze omosessuali"; pagò uno soltanto. "Io non ho mai tradito"; calò il gelo. Un mio amico, che giocava con accanto la sua compagna, dopo una breve riflessione mise cinquecento lire sull'asciugamano blu che faceva da tappeto. La sua ragazza guardò la moneta, si alzò, e in lacrime andò verso la battigia. Non facemmo mai più quel gioco.

Eppure le privazioni restano uno dei pilastri della nostra crescita emotiva. Ti fa sentire eroico dire no a te stesso, al piacere che intravedi in una richiesta dolce, in uno sfiorarsi di labbra destinato a restare soltanto uno sfiorarsi di esistenze. Si cresce, si soffre, come se la vita fosse un cilicio.

Quando guardo dietro di me non capisco quanti no mi hanno fatto bene, e non penso solo alle fughe dalla routine d'amore; includo anche le scelte di lavoro, la paura di affrontare il nuovo, il meglio al posto del buono. Le negazioni altrui non dipendono da noi, ma possiamo favorirle: è la nostra struttura di certezze a far pendere gli altri verso il no.

A ventiquattro anni tutto questo era pura intuizione, sensazione epidermica di lealtà verso se stessi e verso l'amicizia. Non sapevamo che cosa fosse il rimpianto. Oggi sì, e lo sentiamo bruciare. Sapendo, per di più, che tutti i sì della vita sono scritti dentro i nostri occhi.

***

"La Cronaca?"

"Sì."

"Io devo dire delle cose sui *picciriddi fatti scomparsi.*"

La stessa voce da noce secca.

"Buongiorno, mi dica."

Afferrai un foglio scritto e lo girai: nascondeva una Bic nera.

"Deve prendere appunti."

"Lo sto facendo."

"Buono. Allora, i tre *picciriddi* Vito Carriglio li ha *fatti scomparsi* a Sant'Onofrio."

Scandì bene, l'accento divenne ancora più duro, rugoso. Scarabocchiai le parole. Il cuore andava veloce.

"Mi sa dire dove a Sant'Onofrio?"

"Lei pigliò l'appunto?"

"Sì, ma…"

Clic.

Rimasi a guardare il foglio. Poi mi venne in mente una località con quel nome, dalle parti di Altavilla Milicia. Presi l'elenco telefonico della provincia di Palermo. Rallo, Raspano, Ravanusa… Ravanusa Salvatore, contrada Sant'Onofrio, telefono 260601.

Era lì.

Una casa, un campo, una sepoltura, una prigione?

Andai dal capocronista, gli raccontai della telefonata. Decidemmo di non chiamare subito il capo della mobile: mi aveva fatto seguire, poteva aspettare. Avrei controllato da solo. Dovevo prima parlare con l'avvocato di Carriglio. E fare una visita a Rosaria Savasta.

Cominciai dal tribunale. A mezzogiorno alcune udienze

erano già finite, e l'avvocato Giovanni Gallina era tra i fortunati del giorno. Lo trovai al bar, con la toga pendente dal braccio, che scherzava con altri due colleghi. Avvicinandomi, sentii che parlavano di una cancelliera.

"Dovreste vedere che *minne* che ha," diceva Gallina portando alle labbra una tazzina di caffè con il marchio Stagnitta sul bordo. Gli altri due fecero un gesto con le mani, mimando una sesta. Smisero di sghignazzare quando si accorsero che puntavo dritto a loro.

"Avvocato Gallina, scusi il disturbo."

Mi presentai, sapeva chi ero: leggeva i miei articoli sul suo cliente. Gli altri due avvocati si eclissarono subito, accampando la scusa di dover tornare in udienza.

"Prego, mi dica pure," fece Gallina, controllando il bottone che teneva chiusa la giacca grigia. Aveva assunto un tono interessato e professionale, da parcella in arrivo.

"Avrei voglia di incontrare il suo cliente, Carriglio."

"Ce l'hanno tutti. Non sa quanti giornalisti mi hanno chiamato. E poi lui è dentro, all'Ucciardone. Non è facile avere un permesso per il parlatorio…"

"Mi faccia passare come suo assistente: ci andiamo insieme."

"E perché dovrei?"

"Perché io ho un'informazione che nessun altro ha."

L'avvocato Gallina si avvicinò di un mezzo passo. Il suo fiato sapeva di caffè.

"E quale sarebbe questa informazione?"

"So un nome che al suo cliente può dire qualche cosa."

"E a me che può dire?"

"Dipende. Il nome è Sant'Onofrio."

L'avvocato aggrottò la fronte ed espresse i suoi dubbi: "E che minchia è Sant'Onofrio?"

"Un posto."

"Mai sentito dire."

"Forse Carriglio sì: glielo chieda, poi nel pomeriggio ci sentiamo."

Ci scambiammo i numeri di telefono e una stretta di mano. Tornai in strada.

La Vespa era davanti al giornale. Scaricai con forza, sulla pedivella di accensione, la tensione che stavo cumulando. Il motore partì all'istante. Direzione Acqua dei Corsari.

La palazzina di via Li Gotti era triste come la prima volta che avevo incontrato Rosaria Savasta. Qualcuno doveva aver abbandonato una carcassa di animale accanto a un cumulo d'immondizia alto quanto un furgone. La carcassa non si vedeva, ma si percepiva all'olfatto.

Suonai. Dissi chi ero.

Il portone fece clic.

Rosaria Savasta era una macchia nera nella penombra del pianerottolo. Mi aspettava appoggiata al passamano anodizzato.

"Che c'è?"

"Devo chiederle una cosa."

"*Trasissi.*"

Entrai. Sentii dei rumori dalla cucina. Immaginai il corvo che muoveva le pentole a colpi di becco.

"Che c'è?" mi fece daccapo, indicandomi una sedia.

"Ha mai sentito dire una località che si chiama Sant'Onofrio?"

Fece il verso del no, schioccando la lingua sul palato anteriore. Il rumore fu accompagnato da un movimento verticale della testa, dal basso verso l'alto. Una volta avevo letto che due sole popolazioni al mondo muovono la testa in modo verticale per dire no: un'etnia nomade del Sahel e i siciliani.

"Eppure questo Sant'Onofrio deve rappresentare qualcosa. Me l'ha detto la stessa persona che mi chiamò la prima volta."

Non aggiunsi altro. Volevo prima sapere se per caso lei fosse al corrente di qualcosa. Poi avrei avvisato la squadra mobile.

"No, quel pezzo *fituso* di mio marito non ha mai parlato di questo Sant'Onofrio."

"Non l'ho vista l'altra notte alla Ficuzza. Ha fatto bene a non venire."

"Ero da mio padre."

Pensai a cosa sarebbe stato se davvero i corpi dei tre bambini fossero stati sepolti lì, nel bosco della Ficuzza. Mi tornò in mente lo sguardo allucinato di Vito Carriglio. Immaginai i giorni e le notti di quella coppia, a letto, al risveglio, durante i pranzi, mentre i bambini avevano le coliche. La vita normale di una coppia di mafia, lui un *malacarne* di mezza tacca, lei la figlia del boss. Una vita sbilanciata e violenta, con tre creature che credevano di avere, come tutti, un padre e una madre.

"E che cosa le disse il signor Savasta?"

Mi guardò dal basso in alto. Dall'esito di quello sguardo dipendeva la mia possibilità di sapere qualcosa. Si fidò: non avevo scritto niente la prima volta, non avrei scritto niente la seconda.

"Non è importante quello che mio padre disse a me, è più importante quello che io chiesi a lui."

"Che cosa?"

"Vendetta."

Rosaria si alzò e andò in cucina. I rumori delle pentole cessarono mentre l'eco di quella parola risuonava nella stanza: "Vendetta."

Tornò dopo un paio di minuti. Non mi offrì niente: aveva preso una pausa da se stessa e dalla propria ira.

"Signora Rosaria, che cosa sa veramente?"

"Che quel pezzo di *fetenzia* si pigliò i miei figli. Se li ha ammazzati, deve morire."

"Ma perché Vito dovrebbe fare una cosa così tremenda come ammazzare i bambini, che sono pure figli suoi?"

"Per farmi sfregio, per fare sfregio a mio padre. È questa la cosa più importante per lui: la sua miserabile voglia di punire la mia famiglia."

"Che gli avete fatto?"

"Niente. Anzi, gli abbiamo dato parenti con un cognome importante."

"Non capisco."

"Lei è giornalista: non è fatto per capire. Di che quartiere è?"

"Di via Notarbartolo."

"Allora non può capire niente."

"Me lo spieghi lei."

Mi guardò come si guardano i bambini che fanno domande sul paradiso.

"Era un bel ragazzo, Vito. Aveva vent'anni, e muscoli forti. Io lo notai davanti al bar, faceva ridere tutti, aveva una 500 Abarth truccata, vendeva sigarette di contrabbando. Mi piaceva come parlava con tutti. Io ero una signorina di diciassette anni, figlia di don Peppino Savasta. Dovevo maritarmi con uno del nostro livello. Però quel ragazzo mi faceva sangue. Cominciai a dirgli buongiorno quando passavo dal bar. E lui mi faceva un complimento. Ci vedevamo di nascosto per un gelato, un panino con le *panelle*. Due mesi dopo abbiamo fatto la *fuitina*. Organizzammo la fuga, lui prese una stanza in un albergo di Cefalù, io gli diedi la mia giovinezza. Ero stata svergognata, quindi dovevamo sposarci per riparare."

Provai una forma di rispetto per quella donna che aveva

deciso di dire la verità. Si aggiustò i capelli raccolti nel *tuppino* e riprese a raccontare.

"Mio padre non poté farci niente. L'amore aveva vinto, almeno così credevo. Arrivò subito il primo figlio, Giuseppe, come il nonno. Poi Salvatore e alla fine Costanza. Nel frattempo Vito scoprì cosa significava fare parte di una famiglia vera. Le regole. Niente scherzi. Serietà. Rispetto. Non era cosa per lui. Troppo *mafallannu* per mio padre, troppo *cosa inutile*. E lui sentiva che la mia famiglia lo *schifiava*. Cominciò a prendere scuse ogni volta che c'era una festa comandata. Diceva che aveva un carico di sigarette, oppure che c'era un lavoretto da fare all'Arenella. Non voleva vedere la mia famiglia. Non voleva sentire il giudizio che c'era nei loro occhi. In casa ci stava il meno possibile, i figli li ho tirati su io, con l'aiuto di mia sorella Assunta che è rimasta signorina."

Presi appunti mentali. Una mole di informazioni che sarebbero potute tornare utili.

"E la droga?"

"Due, tre anni fa. Cocaina. Vito cambiò di botto. Divenne come pazzo. Sembrava che avesse sempre la febbre, gli occhi lucidi, di fuori. Mi alzava le mani ogni giorno: uno schiaffo, un calcio, ogni cosa che dicevo. Io lo minacciavo di andare da mio padre. Lui si fermava, poi ci ripensava e mi dava un altro schiaffo, un pugno. Odiava mio padre e io ero una parte di mio padre. Mi alzò le mani davanti ai miei figli…"

"Sì, me lo ha raccontato."

"Così lo buttai fuori. Si prese una casa non so dove, i bambini li portava a dormire a Passo di Rigano, da sua sorella. E alla fine non sono più tornati."

Tacque.

I suoi occhi rimasero asciutti. Quella donna era un pezzo di tufo, una pietra da cattedrale.

"Che cosa rispose suo padre alla richiesta di vendetta?"
"È mio padre: che cosa doveva rispondere?"
Si alzò in piedi. Sentii il gong suonare.
Rosaria Savasta mi accompagnò alla porta e, mentre scendevo i primi gradini delle scale, mi disse: "La verità… Vito Carriglio non merita la verità. Se lo deve ricordare."
Via Li Gotti mi accolse con il suo fetore di carcassa. La mia Vespa, vecchia di dieci anni, era la cosa più nuova nel raggio di un chilometro.

* * *

Tornando a casa feci il bilancio della conversazione: Vito Carriglio era un uomo quasi morto.
Il pomeriggio d'ottobre diventava fresco, la mia sahariana color sabbia era leggera per quel vento di mare che sentivo addosso, percorrendo in Vespa via Messina Marine. La Cala era illuminata, le barche a vela ormeggiate dondolavano quiete. Sul marciapiede del lungomare, la migliore focacceria del mandamento Tribunali era rischiarata da una lampara da cinquecento watt, pendente sul pentolone dove la milza friggeva nello strutto. Vidi con la coda dell'occhio due uomini, con un bambino per mano, addentare una di quelle focacce. Sorrisi al pensiero dell'aperitivo palermitano.
A casa trovai Fabrizio. Dal salotto venivano note di pianoforte. Delicate, armoniose, in contrasto con la mia giornata.
"Fabri, che stai sentendo?"
"L'ha messo Serena. Erik Satie."
Andai a vedere la copertina del disco: *Gymnopédie*.
"Sere è in bagno, sta facendo la doccia. Io vado a giocare a

calcio. Torno per le undici, se volete poi andiamo a prendere un gelato da Ilardo."

"Va bene. Mangiamo qualcosa e ti aspettiamo."

Un piano che conteneva un reato. O almeno la sua ipotesi.

Fabrizio prese la sacca e uscì. Serena era ancora in bagno. Cicova mi guardava implorante. Mi seguì in cucina, aprii una scatoletta di tonno e riso. Setacciai la sabbietta, gli cambiai l'acqua nella ciotola. Era l'unico essere di cui, in quel momento, potevo fidarmi; meritava un buon trattamento.

Trattai bene anche Serena, quando la vidi apparire avvolta nell'accappatoio di Fabrizio, con un asciugamano che le faceva da turbante sui capelli bagnati.

"Ti ho preparato un cocktail: vino bianco e cassis. Il più stupido dei drink, lo chiamano *kir*. Ti va?"

"Certo che mi va, giornalista."

Mi diede un bacio umido sulla barba. Sentii il profumo di bagnoschiuma diffuso nell'aria dal calore del suo corpo. Una sensazione dolce.

"Che hai fatto oggi, Sere?"

"Il Seicento. Non si scappa."

"Non sei uscita?"

"Con il tuo amico siamo andati a piazza Marina a vedere lo Steri. Mi ha spiegato che nel Seicento, in quel palazzo, aveva sede l'Inquisizione e i roghi li facevano lì davanti, dove ci sono quei ficus magnolia giganti."

"Avete visto le celle?"

"No."

"Ci sono ancora le incisioni sul muro lasciate dai poveri disgraziati che stavano per essere bruciati vivi."

"Certo che voi palermitani…"

"Che loro cattolici…"

"Sì, però la morte è ospite fissa dei vostri pensieri."

"A due passi dallo Steri c'è un dipinto che ci rappresenta bene: si chiama *Il trionfo della morte*, non so se Fabrizio te l'ha fatto vedere."

"Un piacere che ci siamo riservati per la terza età."

Rise. Io finii il mio *kir*.

"Che cosa vuoi mangiare?" le chiesi.

"Quello che c'è."

Aprii il frigorifero. Vidi dei pomodori rossi.

"Faccio la pasta con la salsa a *picchio-pacchio*."

"Mi fido."

"Pomodori scottati in un soffritto di aglio."

"Mi fido ancora di più."

Andò a cambiarsi.

Venti minuti dopo eravamo a tavola.

Per la cena aveva messo i Velvet Underground con Nico. Non volle aspettare neanche che cominciasse *Femme Fatale* per parlare di quello che non era successo tra di noi alla villa di Antonio.

"Sei una persona rara," mi disse senza guardarmi.

"Perché?"

"Altri non si sarebbero fermati."

"Non sono mai partito."

Mi lanciò un'occhiata lavica. Poi prese un'altra forchettata di spaghetti.

"Ok. Tu e l'amicizia. Che cazzo, voi palermitani."

"Io a Fabrizio tengo davvero. È la mia metà."

Lei rise: "No, è la mia."

Aveva sdrammatizzato, ero contento.

"Lo sai che mi è costato moltissimo non partire?"

Addolcì lo sguardo. I complimenti fanno sempre piacere.

Cicova saltò sulle mie gambe, strofinando la testa contro il bordo del tavolo. Poi si distese, come svenuto. Gli grattai la pancia: al tatto compresi il senso della parola "estasi".

Serena sparecchiò. Prendendo il mio piatto mi carezzò la barba. Compresi anche il senso della parola "terrore". Avevo paura che la forza mostrata alla villa mi abbandonasse all'improvviso.

Andò in cucina, sistemò tutto lei. Io tolsi i Velvet e accesi la TV. Guardammo a distanza amicale un film francese che davano su un canale privato: la storia di un riparatore di televisori che si innamorava daccapo del suo primo amore, poi arrivava un tipo perdutamente innamorato che dichiarava a lei tutto il suo amore. Insomma, era un film d'amore.

Alle undici sentimmo la porta aprirsi. Fabrizio buttò la sacca per terra e ci chiamò: "Pronti?"

I *pezzi duri* di Ilardo ci condussero in una zona già esplorata, quindi sicura: io presi il cioccolato, Serena *riso sciantiglì*, Fabrizio cassata. Eravamo una famiglia, un po' Jules e Jim e un po' no, ma andava bene così.

Prima di addormentarmi pensai ancora a Vito Carriglio e Rosaria Savasta. Che amore poteva esserci stato? Che equivoci poteva generare l'attrazione fisica? E quanto contavano invece le affinità? Quanto il fatto di essere anime gemelle? Vidi nel buio della stanza le mani di Fabrizio e di Serena, intrecciate. Poi vidi le mie e quelle di Serena. In un altro mondo, forse.

Mi addormentai con l'immagine delle sue nocche bianche, le dita lunghe strette tra le mie.

* * *

Il telefono squillò alle sette. Riuscii a rispondere prima che Fabrizio e Serena si svegliassero: certi suoni si inseriscono perfettamente nei sogni, e sperai che per loro fosse così.

"Sono l'avvocato Gallina."

"Buongiorno, avvocato."

"Ieri sera ho parlato con il mio assistito, all'Ucciardone. Era abbattuto. Gli ho detto di Sant'Onofrio e si è come acceso. Mi ha chiesto chi sapeva di quel posto. Ho fatto il suo nome. Gli ho spiegato che è un giornalista. Si è spento daccapo. È stato zitto. Poi mi ha detto: va bene, voglio parlare con questo giornalista."

"Oggi?"

"Questa mattina, se lei è d'accordo."

"Sono pronto."

"La farò passare come mio assistente legale. In carcere non la conosce nessuno, vero?"

"Vero."

"Allora alle undici, davanti alla porta carraia di via Enrico Albanese."

"Alle undici."

Passai dal giornale, avvisai il capo dell'appuntamento. Gli chiesi di riservare molto spazio: ero sicuro che sarebbe stato un bel colpo. Dopo l'incontro in carcere avrei informato il capo della mobile. Lessi i giornali distrattamente e non partecipai alla costruzione delle pagine di quel giorno: pensavo solo alla faccia sudata di Vito Carriglio nella notte della Ficuzza, ai suoi occhi da cocaina e a quel grido: "Giornalisti! A voi vi devo parlare!"

Buttai giù gli appunti che avevo preso a mente durante il colloquio con Rosaria Savasta. Costruii sul foglio un piccolo schema:

Il movente: la rabbia di Vito.
L'obiettivo: la famiglia di lei.
Lo strumento: i tre bambini.

Rilessi quell'ultima riga: mi vergognai. Per me e per lui. Come possono tre vite innocenti essere uno strumento di vendetta?

Appallottolai il foglio e lo buttai nel cestino.

Tornai agli appunti su Rosaria, a quella sua frase: "Vito Carriglio non merita la verità." Probabilmente era vero, ma i suoi figli sì. E la verità mi aspettava nel parlatorio dell'Ucciardone, due ore dopo.

* * *

Parcheggiai la Vespa sul marciapiede, lungo via Enrico Albanese. Gli agenti di guardia assistettero all'operazione con un certo disinteresse. Mi avvicinai alle mura del carcere e aspettai l'avvocato Gallina vicino alla garitta. Mi ero portato dietro una cartella di pelle di un mio collega, sperando che mi desse un tono.

"Che c'è nella borsa?" mi chiese l'avvocato avvicinandosi con passo indolente.

Aprii e trovai una copia delle *Notti bianche* di Dostoëvskij, i "Quaderni Piacentini" di settembre, un Diabolik, burro di cacao, una custodia per occhiali.

"Posso portarla con me?"

"Non mi sembra roba da avvocati. Se le chiedono di aprirla dica che è suo soltanto Diabolik. Il resto è della sua fidanzata. È meglio."

Annuii. Lui consegnò il tesserino dell'Ordine, io diedi la mia carta d'identità dove, sulla riga della professione, c'era scritto "impiegato". Una piccola furbizia che mi aveva insegnato un vecchio giornalista di giudiziaria, quando cominciai a lavorare in cronaca: "Fatti fare subito un documento neutro, dove non ci sia scritto che sei un giornalista. Serve sempre non dire la verità. Fai scrivere al comune che sei impiegato, così nessuno si mette in allarme." Un bravo giornalista, antico mestiere. La dimostrazione era nello sguardo dell'agente di custodia che studiò il mio documento. Fece un segno con la testa al suo collega, e le serrature scattarono.

"Fate entrare l'avvocato e il suo collaboratore."

Non ero mai stato all'Ucciardone. Contavo di non entrarci mai dall'altra porta, quella dei detenuti. Il cortile era grigio tenebra, di pietra levigata. La pianta a stella era stata progettata dall'architetto Puglia, su ordine di re Ferdinando I, agli inizi dell'Ottocento. Ogni braccio era un girone dantesco sotto il controllo della mafia.

Vito Carriglio era in uno dei due bracci riservati ai detenuti comuni. Non gli era stato neanche riconosciuto lo status di *picciotto*. I reati contro i bambini erano sgraditi, a quel tempo, anche a Cosa Nostra.

Le guardie ci accompagnarono al braccio 3, direzione nord. Salimmo le scale. Dalle finestre con le sbarre che illuminavano il corridoio si intravedeva Monte Pellegrino. Vidi Castello Utveggio, la cui pietra rossa era toccata dal sole del mattino. Uno spettacolo poco carcerario, se limitato alla finestra. L'avvocato mi indicò una porta di legno massiccio in fondo al corridoio: l'ingresso del parlatorio del braccio 3. Le guardie ci fecero entrare, poi andarono via chiudendosi dietro la porta. Nella stanza c'era un tavolo fissato al pavimento; intorno, quattro sedie di formica. Ci sedemmo.

Il silenzio della stanza fu subito rotto dal cigolio della porta. Entrarono due guardie, seguite da un uomo corpulento in tuta da ginnastica blu, con ceppi e catene ai polsi. Riconobbi lo sguardo febbricitante, privo però d'ogni traccia di sfida. Sembrava un malato.

"Carriglio, ti leghiamo una mano a 'stu tavolo. Stai buono,

sennò entriamo. Avvocato…" concluse la prima guardia toccandosi il cappello in segno di saluto.

"Grazie," rispose Gallina.

I due poliziotti uscirono.

Vito Carriglio incrociò il mio sguardo: non mi aveva riconosciuto, ma sapeva che avrebbe visto l'uomo che aveva nominato Sant'Onofrio, e ora sapeva anche che quell'uomo ero io.

"Avvocato, *chistu cu è?*" chiese comunque.

"Il giornalista, quello che sa le cose."

"Che cosa sa, *vossia?*" mi chiese.

"Che i *picciriddi* sono a Sant'Onofrio. Però lei ci deve aiutare: dirci dove e come."

Vito Carriglio mi guardò come se fossi un paesaggio, più che un essere umano. I suoi occhi si persero in un punto indefinito poco sopra la mia testa. Poi, con la mano libera, si coprì gli occhi e rimase in silenzio.

"Io non sono pazzo," disse col tono di chi intende spiegare. "Io odio la famiglia Savasta, odio mia moglie e tutta la sua razza. Mi hanno trattato come se ero niente. Forse sono niente, lei che è giornalista lo sa che cos'è niente, lei ha studiato, vede le persone, capisce tutto."

Pensai alle parole di sua moglie quando diceva che non avrei potuto capire niente. Feci un segno di assenso, non volevo interromperlo.

"*Vossia* avrà capito che non avevo scelta. Io dovevo punire mia moglie e tutta la sua razza. Loro non sentono dolore. Li puoi *pùnciri* e loro se ne fottono. A una sola cosa però danno significato: alla famiglia. Quella di sangue. I figli, i figli dei figli… E io odiavo loro con un odio più forte dell'amore che ho per i miei figli."

L'amore che ho.

"Quindi sono vivi?"

"Devo andare avanti. *Vossia* deve stare zitto. Ho deciso di dire la verità e gliela devo spiegare."

"Mi scusi."

L'avvocato Gallina mi toccò la coscia.

"Venerdì a mezzogiorno sono andato a prenderli con la 128, come ogni settimana. Giuseppe si *assettò* davanti, Salvatore e Costanza dietro. Mi dissero: papà, che andiamo dalla zia? No, gli feci io. Stavolta ce ne andiamo in campagna. C'è una sorpresa. E *appizzai* verso la statale 113, Ficarazzi, Bagheria, Solanto, Altavilla Milicia. Arrivammo in contrada Sant'Onofrio che era manco l'una. Li stavo portando in una *casuzza* che avevo preso in affitto – zitto tu, zitto io – qualche mese fa. Tre camere, in mezzo agli ulivi. Prima di andare nella *casuzza* passammo dal paese di Altavilla: volevo comprare dei gelsi. Sono la passione di Costanza e la stagione stava finendo. Mi fermai in mezzo alla strada, c'era un vecchio con il suo cesto di vimini pieno pieno di gelsi: dolcissimi, *tardoni*. Gli pagai un chilo, e ce ne andammo alla casa. Nel portabagagli della 128 avevo le fave e il nastro adesivo grande. Li feci scendere, cominciarono a giocare davanti alla casa con la *strummula*, va', la trottola, come la chiama lei? Gli dissi di stare buoni che dovevo andare a comprare altre cose in paese. Mezz'ora dopo tornai con due bombole del gas. Il pomeriggio passò bello bello, con loro che si addormentarono mentre io sbucciavo le fave, preparavo da mangiare. La serata era buona, aspettavo che faceva scuro per metterci seduti a tavola: passato di fave, pane e gelsi. Loro tre avevano fame, mi dissero: papà, ma a che ora mangiamo? E io ci risposi: ora, ora, è pronto. In cucina versai nel passato di fave una bottiglietta di sonnifero, mi pare che il nome era Minias. Loro si mangiarono il passato che era una meraviglia. Poi i gelsi. Costanza mi diede un bacio, Giuseppe e Salvatore erano stanchi: sbadigliavano. Oppure era il sonnifero... In dieci minuti si addormentarono sul divano, uno appoggiato all'altro, i due maschi si tenevano la mano. Portai in tinello due materassi. Poi presi lo scotch e cominciai a sigillare tutte le finestre. Li sdraiai tutti e tre sui materassi. Quando finii il lavoro erano le dieci. Allora portai le due bombole del gas nel tinello, le aprii e uscii in giardino. Il cielo era pieno di stelle. Alzai gli occhi: era bellissimo."

Il cuore mi stava per scoppiare.

"Vi dico pure dove sono i miei figli: il decimo olivo a destra uscendo dalla casa. Li ho sistemati prima di metterli nella fossa, li ho vestiti bene e gli ho levato la schiuma che avevano in bocca."

Non riuscii a dire una parola, toccai il braccio dell'avvocato Gallina. I suoi occhi si erano riempiti di lacrime. Mi restituì un tocco lieve, fraterno: solidarietà tra naufraghi. Eravamo testimoni dell'orrore, il senso della vita era affogato sotto il nostro sguardo. Restammo due minuti in silenzio nella stanza con il tavolo fissato al pavimento. Non avevamo niente da dirci. Eravamo noi quelli inchiodati: alla realtà, all'odio.

Vito Carriglio non aveva cambiato espressione; guardò il suo difensore e gli chiese una sigaretta.

* * *

Un'ora dopo una decina di volanti erano in viaggio verso la contrada Sant'Onofrio, in cerca del decimo olivo, quello dell'orrore. Il genio militare arrivò con pale e fotoelettriche.

Si radunò una folla di paesani: la voce era corsa rapidamente. Io ero con Filippo Lombardo, che fotografava ogni cosa: la casetta, l'oliveto, le auto della polizia con i lampeggianti accesi, l'inizio degli scavi.

Stavo in disparte, seduto su una panca davanti alla casa dove, probabilmente, quel pomeriggio di venerdì i tre bambini avevano messo i lacci alle loro *strummule*. Guardavo un punto indefinito della campagna, come per trovare l'albero del conforto. Sentivo sul fondo le urla lontane di Rosaria Savasta. Calò il buio.

Un uomo anziano, con una coppola grigia e un abito di fustagno marrone, si sedette accanto a me. Mi chiese se avevo una sigaretta. Gliela diedi. Poi disse: "Ma lei è della Cronaca?"

La Cronaca? Quella voce, quel tono da noce secca.

"Sì, sono della Cronaca. Ma lei…"

"Allora *vossia* è il giornalista che chiamai. Ce l'avevo il dubbio: è stato il primo ad arrivare, oggi pomeriggio."

"Ma lei che cosa sapeva?"

"Niente. Che una macchina era venuta in paese e che dentro c'erano un cristiano e tre *picciriddi*. Mi hanno chiesto un chilo di gelsi e io glieli ho venduti. Poi il giorno appresso ho visto la stessa macchina andarsene e dentro c'era solo il cristiano. Mi sono informato. Chi era, chi non era. E ho scoperto il nome. A me 'sta storia dei bambini che prima c'erano, e poi non c'erano più, non mi è piaciuta. Mi dava pensieri. E lo dovevo dire a qualcheduno."

"Grazie."

"Di niente," concluse l'uomo.

Si alzò, passò vicino alle fotoelettriche: il suo fustagno scuro restò buio.

Niente e nessuno riluceva, quella notte.

ROSALIA

Una figlia

Milano, gennaio 2011

Gli occhi scuri di una ragazza che voleva certezze piantati dentro di me, pieni di lacrime, rabbiosi. Ho un ricordo nitido di quell'incontro. La ferita di Palermo in lei era profonda. Mi chiedeva di aiutarla a ritrovare quel futuro che le circostanze le negavano. Io ero solo un giornalista che provava a separare da sé il proprio lavoro. Di qua il giovane uomo, di là il cronista. Era l'unico modo per non essere sopraffatti dal fetore mortifero di sangue.

Cosa Nostra in quegli anni perse la testa. Agì in modo feroce e sproporzionato, inseguendo un sogno di potere shakespeariano: per avere il mondo ai suoi piedi non ebbe più regole, mancò alla parola data tra boss, si accanì sui più deboli, sciolse bambini nell'acido, uccise donne, umiliò cadaveri.

Nel fondo dei siciliani risiede una follia gelida.

Palermo, febbraio 1984

"Dottore, deve venire a vedere. Passo."
"Vela 2, che cosa c'è?"
"Un 10-79. È assurdo. Passo."
"Dammi la posizione."
"Piazza Giulio Cesare. Passo."
"Scusa, Vela 2, dove sarebbe?"
"Dottore, va', la stazione. Passo."

Il responsabile della cronaca politica, Pippo Suraci, alzò gli occhi dalla sua Olympia, smise di pestare i tasti e, rivolto a nessuno, disse: "Ma che è successo alla stazione?" Poi ricominciò a scrivere.

Il capocronista si accese una MS e mi fece un cenno con l'accendino. Mi avvicinai. La radio della polizia l'avevo sentita anch'io. Il 10-79 era il codice per richiedere un medico legale: era stato commesso un omicidio. E pure "assurdo", secondo quel che aveva detto l'agente sul posto.

Il capo agitò l'accendino indicando la porta della Cronaca. Le sue labbra aspiravano il fumo: non aveva tempo per dirmi: "Vai."

"Allora vado. Ho i gettoni in tasca, se trovo un telefono pubblico vi faccio sapere."

"La stazione è l'unico posto a Palermo dove ci sono cabine

che funzionano. Appena arrivi mi telefoni subito, che siamo in chiusura. E portati pure il fotografo," masticò il capo.

Chiamai la stanza del servizio fotografico. Rispose Filippo Lombardo, in pochi secondi raggiunse la portineria del giornale. Lo feci montare dietro, sulla Vespa. Otto minuti dopo eravamo in piazza Giulio Cesare: non avevo mai saputo che si chiamasse così.

"Fai il cronista, imparerai il mondo," mi aveva detto il mio primo direttore. Stavo imparando.

Tre volanti con le luci azzurre lampeggianti, una decina di poliziotti, un'ambulanza: tutti intorno a una Ford Escort grigia abbandonata in mezzo alla piazza, in un'ipotetica seconda fila. Riconobbi il "dottore", Antonio Gualtieri. Si era scomodato persino il capo della squadra mobile.

Ci scambiammo un cenno di saluto. Filippo montò il flash. Era un mezzogiorno d'inverno: il cielo grigio dava alla scena una luce brutta e piatta. La piazza era il solito caos: un gruppo di taxi, tre carrozze con cavalli e vetturino, macchine posteggiate come fossero bastoncini dello Shanghai. Un'umanità che arrivava e partiva da una delle stazioni più periferiche dell'intera penisola. Conoscevo la piazza: ogni mio viaggio in quegli anni avveniva in treno, secondo la regola del *più quattordici*. Parigi? Diciotto ore da Roma *più quattordici* per arrivare da Palermo a Roma. Amsterdam? Venti ore *più quattordici*. Vidi molta Europa, conobbi molta gente: non era un handicap geografico, era la distanza necessaria per comprendere il viaggio.

"Che è successo, Antonio?"

"Vieni a vedere con i tuoi occhi."

Filippo era dietro di me, sflesciò a vuoto per prova. Gualtieri aprì lo sportello destro della Escort. Sul sedile c'era qualcosa di grande come un pallone da calcio, nascosto da un quotidiano.

Gualtieri sollevò il giornale e apparvero due occhi, un naso, una bocca, la pelle color cuoio anticato. L'effetto era da Madame Tussauds, ma sia io sia Gualtieri sapevamo che la cera a Palermo non era mai andata forte. Si era sempre preferito il piombo.

La testa era posata sulla tappezzeria in stoffa, quasi nuova, del sedile della Escort. Non c'era una goccia di sangue intorno al capo dell'uomo. Gli occhi erano chiusi, la bocca atteggiata a un sussurro, i capelli disordinati ma ben disposti intorno al viso che dimostrava una quarantina d'anni. Quella testa avrebbe detto ancora qualcosa. Magari una parola d'amore, oppure una bestemmia.

Notai il bagliore del flash di Filippo rischiarare l'interno dell'auto. Poi Gualtieri mi portò dietro la Escort.

"Cucuzza, apri il cofano."

L'agente eseguì. Nel bagagliaio c'era un corpo ben vestito: completo marrone, scarpe nere, camicia che doveva essere stata bianca. La cravatta era accanto al corpo, mancava il collo intorno al quale era annodata. Il cadavere era stato composto affinché stesse in quello spazio risicato: la Escort aveva vinto il titolo di Auto dell'anno 1981, ma era pur sempre una berlina economica. Anche nel bagagliaio nessuna traccia di sangue.

"Antonio, che idea vi siete fatti?" chiesi a Gualtieri.

"È stato Robespierre," disse lui ridendo, e io mi accodai per compiacerlo.

"Non mi ricordo decapitazioni a Palermo," dissi. Lavoravo in cronaca nera da quasi cinque anni, credevo di essere un veterano.

Il capo della mobile mi guardò come si guarda un quadro astratto: con interesse, ma senza certezze sulle capacità dell'autore.

"Non sappiamo neanche come si chiama. Prima di parlare di precedenti dobbiamo identificarlo."

"Ti vengo a trovare più tardi in ufficio."

"Va bene."

Accettò solo perché sapeva che mio padre era juventino, oltre che tifoso del Palermo. Quando glielo dissi, la prima volta che mi ricevette, lo resi felice. Mi mostrò immediatamente la collezione di gagliardetti che gli aveva regalato Boniperti quando era un giovane funzionario addetto allo stadio di Torino. Metà dei palermitani, per tradizione, avevano come seconda squadra la Juve. Retaggio di una misteriosa cultura che aveva spinto i pasticceri siciliani, discendenti dei geni che nel decimo secolo avevano inventato la cassata, a creare una torta di cioccolato più buona della Sacher, e chiamarla "Savoia". Una torta sabauda a Palermo. Una sorta di contrappasso gastronomico: un po' come se i milanesi, invece della cotoletta, avessero inventato le *michette con il kebab*.

Tornai al giornale. Riferii al capocronista, che fece in tempo a ridisegnare la prima pagina. Filippo consegnò la foto ancora bagnata di acidi e lavaggi. Una foto in perfetto equilibrio tra Medioevo e contemporaneità, degna di un Bosch dei nostri tempi: la testa di un uomo, perfettamente esangue, posata su un sedile di tessuto bianco e nero a piccoli scacchi, con intorno cruscotto, *cloche*, volante; gli interni di un'auto, gli esterni di un incubo. Il titolo sotto la foto, sparata a piena pagina, era: "Il mistero della testa tagliata."

Gli strilloni, mezz'ora dopo, invasero la città con le copie sottobraccio, gridando la cantilena di Palermo: "*Quanti nni murieru, quanti nni murieru.*"

* * *

All'istituto di medicina legale le due parti del corpo furono provvisoriamente ricomposte. Il dottor Filiberto Quasazza, responsabile dell'istituto, autorizzò l'autopsia e le foto della testa. Si accertò che l'uomo era stato ucciso per strangolamento e poi decapitato. Lo strumento usato per la recisione del capo era affilato come una ghigliottina. Gli assistenti del dottor Quasazza scherzarono davanti al tavolo di marmo, il più colto di loro citò persino il Terrore, chiedendosi poi se i *terroristi* fossero seguaci dei rivoluzionari francesi. Le immagini fatte all'obitorio furono subito spedite in questura.

Dopo una comparazione con un migliaio di foto segnaletiche, alle sei del pomeriggio la squadra di Gualtieri accertò che la testa era appartenuta a Giovanni Neglia, nato a Porticello il 5 marzo del 1934, pregiudicato per furto.

"Dottore, il nome c'è," disse l'ispettore Zoller posando un foglio dattiloscritto sul tavolo del capo della mobile.

Io ero entrato nella stanza da un paio di minuti.

"Buonasera, ispettore," dissi alzandomi.

"Bravi, ragazzi: siete stati veloci," commentò Gualtieri.

"C'è scritto tutto qui, deve solo leggerlo," aggiunse Zoller indicando il foglio. A ogni parola i suoi baffi sale e pepe salivano e scendevano, come in un cartone animato.

Gualtieri lo congedò con un sorriso.

"Antonio, di chi è quella testa?" chiesi.

"Fammi vedere... Neglia. Giovanni Neglia. Un ladruncolo."

"Sai che cosa significa *neglia*, oppure *negghia*, in palermitano?"

"No."

"Un buono a nulla, un incapace," spiegai.

"Mi dispiace per lui."

"Che cos'altro c'è scritto?"

"Pregiudicato, nato a Porticello nel '34, coniugato, padre di due figlie."

"Me lo daresti l'indirizzo?"

"Via Perpignano 36. La moglie si chiama Cosima."

Sulla porta gli feci una battuta su Platini e sulla probabile vittoria del secondo Pallone d'oro consecutivo. Fece gli scongiuri, mi diede una pacca sulla spalla e mi spinse fuori dalla stanza.

L'indomani avrei cominciato a lavorare sulla testa del signor-buono-a-nulla.

* * *

"Venditti è lagnoso," disse Serena.

"No, è romantico," replicò Lilli.

"Tutti i romantici sono lagnosi."

"Sei cattiva."

"E tu sei romantica."

Entrai in casa cogliendo al volo questo spezzone di dialogo. Serena odiava tutto ciò che sapeva di zucchero, Lilli invece era dolce come *Le tue mani su di me*. Forse cominciavo ad amarla. Amavo i suoi capelli biondi, lo sguardo da mare siciliano che aveva negli occhi. La morbidezza dei fianchi. Il semplice gusto che aveva per l'amore: si accucciava accanto a me, la sera, davanti al più stupido dei programmi TV, mi riempiva di complimenti per ogni piatto che le cucinavo, voleva che le leggessi poesie ad alta voce. E faceva l'amore con abbandono. Lilli aveva ventidue anni, era iscritta a Lettere senza aver mai dato un esame. Suo padre, un notaio molto agiato, rampollo di una famiglia palermitana con un solo quarto di nobiltà, e per di più borbonico, le aveva aperto un piccolo negozio di giocattoli. Ci eravamo conosciuti alla festa di Capodanno organizzata da mia sorella. Era arrivata con il suo ragazzo, un tipo alto con un dolcevita *mélan-*

ge. Pensai che non si festeggia l'anno nuovo con un colore indeciso: è segno di scarso rispetto per il futuro. Lo ignorai e mi avvicinai a mia sorella, che stava salutando la ragazza bionda arrivata con il *mélange*.

"Lei è Lilli."

Indossava un vestito aderente che mi permise di notare le sue forme, descritte con precisione dal filato grigio antracite. Era di una bellezza calda, il punto d'incrocio perfetto tra il DNA normanno e quello fenicio. Si girò verso di me e immerse i suoi occhi chiari nei miei, riducendoli a un paio di uova al tegamino. Le presi la mano sinistra delicatamente e la tenni nella mia, in silenzio. La stranezza del gesto la costrinse a guardarmi daccapo. Ressi lo sguardo e le sorrisi dicendole chi ero, cosa facevo, senza per questo lasciare la sua mano, che sentivo piano piano scaldarsi. Non si liberò di me; si raggomitolò nel mio palmo, almeno così credetti. La conferma la ebbi alle tre di notte, quando le proposi di abbandonare il *mélange* al suo destino. Accettò. A casa avremmo parlato delle nostre vite, impastandole tra loro.

"Okay, ragazze. Vi prego, non litigate per la musica."

"Io non litigo mai," disse Serena fulminandomi.

"Ciao, amore mio."

Lilli mi baciò morbida sulle labbra.

"Dov'è Fabrizio?"

"Sta per tornare, aveva un corso," rispose Serena.

Guardai l'orologio. Erano le otto.

"Usciamo, quando arriva?"

Le due ragazze si scambiarono un'occhiata piena di domande. Freddo? Stanche? Come andare? Con la R4 di Fabri? Per mangiare cosa?

Lilli disse: "Decidi tu."

Serena la corresse: "No. Non lo so, aspettiamo Fabrizio."

Cicova aveva assistito al dialogo acciambellato sul divano. Di tanto in tanto apriva un occhio. Si stiracchiò sentendo le prime note di *In a Sentimental Mood*. Fece l'arco con la schiena e sbadigliò. Poi venne verso di me, caracollando.

"Preparo per tutti: per voi ragazze, per Fabri che torna, per Cicova. Andiamo, felini, venite con me in cucina," dissi rivolto a Lilli e Serena. Quest'ultima mi mostrò all'istante il dito medio, ingentilito da un: "Vaffanculo, giornalista."

Perquisii frigorifero e dispensa. Saltarono fuori una melanzana, due zucchine, una carota, alcune cipolle, una testa d'aglio, peperoncini secchi, un mazzo di basilico svenuto, un chilo di spaghetti D'Amato di Porticello.

Porticello. Giovanni Neglia. Il ladro decapitato.

Cacciai il pensiero e lo soppiantai con la ricerca di un tagliere: gli ingredienti andavano fatti a cubetti e poi messi in padella a stufare, dopo aglio e cipolla, riducendo il tutto a una crema profumata di campo. Li avevo battezzati "spaghetti a tutto dentro".

Fabrizio entrò mentre scolavo la pasta. Disse: "Ciao." Poi chiese: "Ma chi minchia ha messo Coltrane? Stasera sono di cattivo umore: vorrei sentire Venditti." Serena alzò gli occhi al cielo. Lilli si trattenne dal ridere. Io rivendicai il mio Coltrane, senza spiegargli che aveva svolto un ruolo da mediatore di pace. Sorvolai.

Gli spaghetti erano eccellenti. Lilli propose di andare a Villa Sperlinga a prendere uno *spongato*. Fabri si offrì di guidare. Avevamo passato i vent'anni da poco: un gelato con i propri amici, con i propri amori, nel proprio bar preferito, era pur sempre il miglior premio. E lo *spongato* in coppa di metallo di Villa Sperlinga era il migliore dei gelati possibili.

* * *

Alcuni mesi prima venne assassinato un capitano dei carabinieri con cui stavo per diventare amico. I killer di Cosa Nostra lo uccisero su un'automobile di servizio. Massacrarono anche i due militari che viaggiavano con lui. Si chiamava Mario D'Aleo, era romano, aveva ventinove anni. C'eravamo incontrati spesso, sulle scene di altri delitti, chiacchierando un po' di tutto. Era un carabiniere dall'aspetto tipico, con un paio di baffi che lo facevano somigliare a Maurizio Merli, però in bruno. Era un giovane uomo bello, con interessi e curiosità della nostra generazione. Aveva preso il posto di un altro capitano dei carabinieri ucciso un paio d'anni prima dalla mafia.

Ricordo che, come al solito, al giornale era giunta una prima notizia frammentaria: triplice omicidio in via Scobar. Andai con fotografo e operatore TV, chiedendoci lungo la strada se le vittime fossero dei "loro" o dei "nostri". La rabbia furibonda che percepimmo all'arrivo ci diede la risposta. Erano "nostri". Ricordo me stesso in piedi, con gli occhi pieni di lacrime, davanti a quell'auto con le insegne dei carabinieri: riconobbi Mario D'Aleo e tutti i segni dell'ingiustizia.

Non c'era niente di straordinario: in quei tempi si moriva. Non avevamo altra difesa se non trovarci un cantuccio dove nasconderci dalla realtà. Per me quella tana era la casa che dividevo con Fabrizio, la dolcezza dello sguardo di Lilli, i giochi stupidi, la buona musica, un piatto di spaghetti. Non c'era consapevolezza, non sapevamo di combattere una guerra: contavamo i caduti, sentivamo le unghie della morte conficcarsi ogni giorno di più nelle nostre vite. Ero in balia di Palermo; mi preparavo a sperimentare gli psicofarmaci per sconfiggere l'insonnia dei miei venticinque anni.

* * *

"Hai parlato con la famiglia?"
"Vorrei andarci stamattina."
"E perché sei ancora qui?"
Il capocronista mi scrutò con occhi da entomologo. Mi fece sentire un insetto: sensazione fastidiosa alle 7.09 del mattino.
"Sono ancora qui perché volevo che tu mi dicessi che dovevo andare lì."
"Se non ci vai subito giuro che ti schiaccio."
Ecco, l'insetto.
Presi il giubbotto blu di panno, un taccuino e, mentre scendevo le scale, immaginai la strada più breve per via Perpignano.
Al 36 trovai un portone di legno e un citofono con sei cognomi scritti a penna: Neglia era tra Adelfio e Pipitone. Suonai. Non accadde niente. Dopo qualche secondo, dalla finestra al secondo piano si affacciò una donna grassa vestita di nero, con un grembiule a quadretti. Fece attenzione nello sporgersi. La porta-finestra si aprì completamente sul vuoto; il balcone non c'era.
"Il citofono è rotto. Ma *vossia* chi sta cercando?"
"La famiglia Neglia."
"E chi sarebbe *vossia*?"
"Un giornal..."
Richiuse la porta-finestra senza lasciarmi finire. Suonai daccapo. La donna grassa si affacciò nuovamente.
"Che fa? Devo chiamare la polizia?"
"È la polizia che mi ha detto di venire qua."
La donna rimase interdetta. Capì che poteva rischiare qualcosa: probabilmente si chiese chi fossi veramente. Una domanda consueta, in Sicilia.

"Va bene. Secondo piano."

La casa odorava di *sparacelli*, un particolare tipo di broccolo, tenero, verdissimo, che va bollito al mattino affinché la sera abbia la consistenza giusta.

La donna si tolse il grembiule e mi fece cenno di sedermi. Il tavolo era coperto da una tovaglia di plastica a fiori. L'odore di *sparacelli* veniva fortissimo dalla cucina lì a fianco.

"È lei la signora Cosima?"

Il silenzio suonò da assenso.

"Accetti le mie condoglianze."

Era strizzata in un abito da lutto, in flanella. Sentii dei rumori provenire da un'altra stanza.

Mormorò un "grazie", poi aggiunse: "Oggi ce lo fanno vedere."

Sperai proprio di no.

"Signora Cosima, che tipo era suo marito?"

"Era buono, un padre buono, un marito meraviglioso."

"Ce l'ha una foto?"

"*'nca cierto*. Rosalia!"

I rumori cessarono. Sulla porta apparve una ragazza che ricordava la Cardinale giovane, con indosso un semplice abito nero. Scura di capelli, occhi colore della pece, un viso regolare, un naso piccolo su una bocca piena, rosea, atteggiata in un broncio che probabilmente non aveva niente a che vedere con il lutto familiare. Una bocca che disse: "Che c'è, *matri*?"

"*Pigghia* le fotografie che *tirarono* a tuo padre per le nozze d'oro dei tuoi nonni."

Poi, guardandomi, aggiunse: "È mia figlia grande, Rosalia. In casa c'è anche la *nica*."

Rosalia tornò con in mano tre fotografie a colori. Aveva gli occhi lucidi. Nella prima immagine che mi porse, Giovanni

Neglia era vestito con lo stesso abito marrone che indossava quando era stato ucciso. Stessa cravatta. Il suo guardaroba, pensai, era essenziale.

Un bell'uomo, senza dubbio alcuno. Un viso che aveva lasciato in eredità a sua figlia, "la grande". Proporzioni perfette, occhi vivi.

Rosalia diede a sua madre anche la seconda e la terza foto. Simili alla prima; in più, Neglia alzava un calice sotto gli occhi affettuosi della sua abbondante consorte.

"Suo marito…"

"Era un pezzo di pane."

"Va bene. Però rubava."

"Rubava onestamente."

La osservai. Quella donna conteneva il genio isolano.

"In che senso?"

"Che stava attento a non fare danni."

Invece un *danno* doveva averlo fatto, pensai, se qualcuno aveva deciso di separargli la testa dal corpo. Non lo dissi.

"Signora Cosima, lei ha ragione. Ma non è che ultimamente…"

"Niente. Non è successo niente *ultimamente*, come dice *vossia*."

Rosalia ascoltava in piedi. Tornò nell'altra stanza, dalla sorella.

"Mi può raccontare chi sono… mi scusi, chi erano gli amici di suo marito?"

"Giovannuzzo è cresciuto a Porticello. Suo padre era pescatore, avevano un *muzzareddu*, va', una barca a motore piccola. Andava a totani. Oppure a pesci luna. Lui è cresciuto al porto con suo fratello Castrenze, che è più grande di lui."

"E dov'è ora Castrenze?"

"Qui a Palermo. *Travagghia* alla Vucciria, è rimasto *nel pesce*: vende uovo di tonno."

"Ma dove esattamente?"

"A piazzetta Caracciolo. C'ha il banchetto."

Il mio venditore di uovo di tonno. Un uomo di mezz'età che mi aveva spiegato come si sala e si pressa l'uovo. Lo produceva lui, in un piccolo deposito dietro alla Vucciria: "Quintalate di sale ci vogliono, e girare sempre le *balate*", i pietroni della pressa. Ero cliente di Castrenze Neglia, il fratello di Giovanni decollato, e lo scoprivo ora a casa della vedova.

"Forse lo conosco, a suo cognato."

La signora alzò le spalle. Non credo gliene importasse.

"Il problema ora è per le mie figlie. Concetta! Rosalia! Venite qui, gioie mie."

Le due sorelle entrarono lentamente. La piccola dava la mano alla maggiore; aveva le codine. Gli occhi delle due ragazze erano pieni di lacrime. Nello sguardo di Rosalia colsi la fierezza del grande felino ferito. La piccola, Concetta, ricordava un cucciolo perduto. Si avvicinarono alla madre, che provò a stringerle a sé restando seduta. Il grasso sull'addome rese difficile l'operazione.

Incrociai per un istante lo sguardo del grande felino.

"Rosalia, scusa. Non volevo disturbare," le dissi.

Mi lanciò un'occhiata di rabbia. Si girò e portò via la sorellina: l'esibizione era finita.

Ringraziai la signora Cosima. Le promisi che l'avrei informata sugli sviluppi dell'indagine.

Uscendo, le chiesi che cos'era successo alla porta-finestra.

"Niente, un anno fa è passato un camion. La strada è stretta, e si portò il balcone. Ora dobbiamo stare attenti quando apriamo."

Tornai su via Perpignano: la Vespa c'era ancora, non erano passati camion.

***

"Certo che è venuta veramente bene: pare finta."

Filippo Lombardo distese il braccio, allontanando la stampa 18x24. Rimirò la foto della testa sul sedile con un'espressione compiaciuta. "Proprio bella," ribadì. L'estetica della morte non è mai difettata ai palermitani.

"Quello che non capisco è perché non c'è manco una goccia di sangue," aggiunse.

Ero nella sua stanza, gli avevo raccontato dell'incontro con le tre donne della famiglia Neglia. Non ero stato prodigo di particolari su Rosalia. L'avevo descritta soltanto come una "tipica siciliana, sui venti".

"Dovremmo fotografarle tutte e tre insieme. Immaginati il titolo: *Il dolore delle donne di Giovanni decollato*."

Rise da solo.

"Filippo, che c'è?"

"Niente: non si può più *babbiare*?"

"Certo che puoi scherzare, però quelle due ragazze hanno perso il padre da neanche due giorni."

"Cuore tenero, eh? *Sii propriamente un tenerume*..." E fece il gesto del dito che gira sulla guancia: "appetitoso". Mi aveva paragonato a una verdura.

"Filippo, è meglio che me ne vada."

"Va be', fai *finta niente*. Secondo me dobbiamo lavorare assai su questo caso. Guarda che è speciale: niente kalashnikov, niente autobombe, niente 38, niente mitra Thompson... De-ca-pi-ta-to. Capisci?"

"Certo che capisco."
"Dovresti studiare che cosa significa, qui, tagliare la testa. Un tempo si metteva il sasso in bocca."
"Ho letto Sciascia, mi ricordo."
Lo lasciai che puliva gli attacchi a baionetta delle Nikon.
Tornato alla mia scrivania, chiamai l'archivio.
"Anna, scusami, ho bisogno di un favore: mi puoi trovare nelle enciclopedie qualcosa sul significato rituale della decapitazione?"
Annamaria Florio rimase in silenzio per alcuni secondi.
"Teste tagliate, giusto?"
"Che ho detto io?"
"Guarda che in Cina il presidente Mao ha vietato le decapitazioni."
"Sono reato anche in Italia, e senza essere comunisti. Giusto?"
La militante marxista-leninista rise a denti stretti: "Ma vero spiritoso sei."
"E tu con molto umorismo trovami qualcosa sulla decapitazione nelle varie culture. Magari, meglio se riesci a scoprire che cosa vuol dire tagliare la testa per un'etnia pessimista e romantica come quella siciliana."
"Pessimisti e romantici? A voi vi servirebbero un po' di Guardie Rosse, amico mio. E poi vedi quanto pessimismo vi resterebbe."
"Anna, guarda che io la penso come te. Il riso in bianco mi piace e ho un debole per le ragazze con gli occhi a mandorla."
Prima di riattaccare mi disse qualcosa che somigliava a "stronzo".
Un'ora dopo sul mio tavolo c'erano delle fotocopie.
Cominciai a leggere: "Nel mondo antico la decapitazione era

usata dagli egizi e dai romani. Nell'impero romano era la pena di morte riservata a chi possedeva la cittadinanza, poiché ritenuta rapida e non infamante; per gli schiavi e i ladroni invece si applicava la crocifissione. Venne ampiamente usata anche nel Medioevo e nell'Età Moderna. Fino al diciottesimo secolo in Europa la decapitazione era ritenuta un metodo di esecuzione onorevole, riservato ai nobili, mentre i borghesi e i poveri erano puniti con sistemi crudeli, come lo squartamento. In Cina, invece, era considerata la forma di condanna a morte più infamante perché, secondo la religione tradizionale, i corpi dovevano rimanere intatti. Nel 1949, con l'avvento al potere del regime comunista, venne vietata."

Annamaria aveva ragione: al presidente Mao la decapitazione non piaceva. E i boss mafiosi? Che significato davano loro alla mannaia? Nei fogli che avevo davanti non c'era traccia di risposta. Dovevo parlare con qualche studioso di tradizioni siciliane, anche se il sospetto era abbastanza forte: tagliare la testa a qualcuno non era un granché, come segno di rispetto.

Mi ricordai all'improvviso di una notte, due anni prima, davanti alla questura. Un boss di primo livello, Masino Spatuzza, padrone di una flotta di trecento motoscafi blu con cui portava in Sicilia la morfina base, era stato catturato dopo dieci anni di latitanza. Noi giornalisti eravamo in attesa della sua *passerella* in catene: dalle celle di sicurezza al pullman blindato che lo avrebbe condotto a Roma. Il boss apparve tra due agenti della mobile: basso, livido in volto, sovrappeso, con enormi ferri ai polsi. Gridai a Filippo Lombardo: "Fotografa!" Lui sflesciò. Il boss salì sul pullman, che era già in moto, sputando verso le telecamere che lo inquadravano.

Due minuti dopo venni circondato da tre miei coetanei. Avevano uno sguardo cattivo, le camicie aperte fino al bottone della pancia. Uno dei tre portava dei finti Ray-Ban, inutili di notte, che gli davano un'aria da killer. Non parlavano, mi stavano intorno mentre Filippo fotografava il pullman che si allontanava; non si accorse di niente. Il più alto dei tre si avvicinò di un passo, avvertii il suo fiato di sigarette. Mi sussurrò solo quattro parole: "*Ti scippiamo 'a tiesta.*" Lo guardai come fosse Alien, arretrando. Uscii da quel triangolo di aliti pesanti e violenza, con il cuore che batteva a mille. Messaggio ricevuto.

L'indomani mattina ne parlai con il capo della squadra mobile: mi mandò una pattuglia sotto casa per un mese. Non era stata una grande idea far innervosire i tre figli maschi del boss Spatuzza.

Ti scippiamo 'a tiesta. Il loro linguaggio. Il significato simbolico.

"Vieni qua," fece il capocronista.

"Per servirla."

"Non coglionarmi. Dimmi invece a che punto siamo con la testa."

"La moglie, le figlie, niente di che. Un bravo marito, un padre esemplare. Le solite minchiate."

"Vai a vedere i precedenti."

"Fatto."

"E allora vai a vedere che cosa ha combinato veramente: parla con la gente, fatti raccontare."

"Pronto. Vado a Porticello. Ho i gettoni."

* * *

Cerco nella tasca interna della giacca. Prendo il Blackberry, un piccolo ufficio multimediale racchiuso in centosessanta grammi di alta tecnologia. Voglio controllare come si chiama la capitale dell'Ecuador. Apro il browser su Google. Wikipedia: è Quito,

1.397.698 *abitanti, 2850 metri sul livello del mare. Decido di fidarmi.*

Un tempo potevo avere fiducia solo nei telefoni pubblici. E nei gettoni color bronzo che costavano cinquanta lire. Ne ho ancora un centinaio, conservati in una scatola di cartone rosso: me li porto dietro dagli anni di Palermo, non si sa mai.

Fare il cronista, nei primi anni Ottanta, era un'attività pura, senza niente intorno. Né tecnologia, né altri mezzi di comunicazione. In quegli anni nacquero le prime TV private; io lavorai a quella del mio giornale. Eravamo un gruppo vivace di cronisti impegnati a raccontare l'altra Palermo, quella che non si piegava alla necessità della morte per mafia. Ma il massacro era in atto. E non riuscimmo a fermarlo: per la verità, sapendo come poi è finita, non ci sarebbero riusciti neanche i Blackberry.

* * *

Sul banco di marmo del mercato di Porticello, due teste di pescespada che sembravano cactus: occhi vuoti, spade giganti, ossee, a indicare il cielo oltre la tenda verde che ombreggiava il banco. Più in là, due vecchi seduti a terra sul molo, a ridosso del mercato, risarcivano una rete lavorando di fuso e filo grosso, tenendo le maglie tese tra dita dei piedi e bocca.

Misi il bloccasterzo alla Vespa, mi avvicinai.

"Chiedo scusa per il disturbo. Sapete dove abitavano i Neglia?"

Fermarono le mani. Mi guardarono.

"Neglia chi?"

"Il padre di Giovannuzzo. So che avevano un *muzzareddu*."

"Ma Neglia *'ntisu Apuzza* oppure Neglia *'ntisu Cafè*?"

Non sapevo rispondere. Sapevo che in paese le famiglie

avevano soprannomi detti *'nciurie*, che identificavano una stirpe molto più del cognome: l'uomo senza testa era un'*apuzza*, una piccola ape, o un *cafè*? E qual era l'origine dei due soprannomi?

"Non ho idea," dissi.

Ripresero ad annodare le reti, convinti di avere a che fare con un deficiente.

Il venditore di pescespada aveva sentito la conversazione.

"Ma lei chi cerca?" mi chiese asciugandosi le mani sporche di sangue sul grembiule.

"I parenti di Giovanni Neglia."

"E che ci vuole? *Apuzza* e *Cafè* stanno tutti nella stessa casa, a primo piano e a piano terra. Lì sotto, a Santa Nicolicchia."

Mi indicò una lingua di terra che chiudeva il golfo, dietro la diga foranea. Una casa rosa si stagliava sullo sfondo celeste del mare. Acqua davanti, acqua di dietro, con vicino un caseggiato misero.

"No, non è la casa rosa," mi disse. "Quella è di palermitani. I Neglia stanno in quella accanto." Lo disse accarezzando la spada della testa più grossa, come fosse roba viva. Una carezza d'affetto sincero.

Ringraziai e montai sulla Vespa. Cinquecento metri in discesa che feci in folle, respirando l'odore di mare. La giornata era tiepida, il sole illuminava con gentilezza la povertà del paese.

Il portone del caseggiato dove abitavano i Neglia era di legno. La salsedine lo aveva trasformato, nel corso degli anni, in un oggetto unico come le assi che la corrente porta sulle spiagge: di una bellezza deforme, non imitabile. Bussai con le nocche. Niente.

"Buongiorno, c'è nessuno?" gridai.

Dalla finestra al primo piano si affacciò una vecchia con un fazzoletto nero annodato dietro la nuca, come una mondina.

"Signora, mi scusi, sto cercando i signori Neglia."

"*Apuzza* o *Cafè*?"

"Tutti e due. Lei a chi appartiene?"

"Noi *Apuzz*a siamo."

"Ma per caso è parente di Giovanni e di Castrenze, che se ne sono andati a vivere a Palermo?"

"Quelli sono *Cafè*. Figli di mio cugino Peppino, che dev'essere dentro. Ci bussi, ci bussi."

Chiuse la finestra.

Almeno avevo capito chi cercare.

Bussai di nuovo, più forte. Gridai un paio di volte: "Signor Peppino!" Dopo qualche minuto il portone di legno si dischiuse. Un uomo anziano in canottiera, assonnato, si affacciò.

"Chi è che mi chiama?"

Spiegai di essere un giornalista. Chiesi se potevo entrare.

Mi fece cenno di sì. La casa era più bassa del livello stradale, due gradini in un buio pesto.

Il vecchio si toccò il viso incartapecorito. Sentii il rumore della pelle secca della mano passare sulla barba bianca di due giorni. "Stavo dormendo. Stanotte siamo andati a totani. Mi sono *curcato* alle sei. Si *assettassi*. Lo vuole un *cafè*?"

Alzai gli occhi e nella penombra scorsi dieci barattoli di vetro pieni di caffè. Accanto, una collezione di moka da una, tre, sei, dodici tazze. Cominciai a capire il perché della '*nciuria*.

"Grazie assai. Volentieri."

"*Vossia* fa il giornalaio a Palermo ed è venuto fino a qui per che cosa?"

"Per suo figlio Giovanni."

"Pace all'anima sua." E si segnò con la croce.

"Riposi in pace," mi accodai con aria costernata.

"E *vossia* che vuole sapere da me?"

"Che cosa faceva a Porticello Giovanni?"

"Se ne andò che aveva quindici anni. Non voleva uscire a pesca con me. Manco suo fratello Castrenze, un altro *bello spicchio*."

"E che voleva fare Giovanni?"

"Quello che ha sempre fatto: il disonesto. Rubava anche ai *picciriddi* quando aveva dieci anni. Era furbo, veloce. Ma di *travagghiare* manco a parlarne. Pescare è vita di uomini, non di disonesti."

"E lui era disonesto."

"Non si deve permettere."

"L'ha appena detto lei."

"Io sono il padre. Ma lei *cu minchia* è per dire che mio figlio, un cristiano buono, pace all'anima sua, era un disonesto?"

Capii di essere in un tunnel. Spensi la luce; provai a rendermi invisibile: "Mi deve perdonare, sono stato un maleducato."

In quell'istante la moka cominciò a gorgogliare. Peppino Neglia si alzò, spense il fuoco, prese un cucchiaino e girò il caffè appena uscito.

"Se non lo fa, quello forte rimane sotto e quello *leggio*, l'ultimo, rimane sopra. Invece *'u cafè* va miscelato."

Mise due cucchiani di zucchero in ogni tazzina, e mi porse la mia. Il tunnel era finito.

"Grazie, don Peppino."

Mi fece un accenno di sorriso. Aveva deciso che ero un bravo *picciotto*. Un poco selvaggio, ma bravo.

"Vuole sapere che faceva Giovannuzzo?"

"Magari."

"Niente. Rubava a Palermo e qui mi portava ogni tanto un pensiero."

"Che cosa rubava?"

"Cose oneste."

Lo guardai con affetto: quell'uomo aveva amato suo figlio con tutto l'amore dei padri. Un figlio ladro che rubava *cose oneste*, quasi fosse un Robin Hood della Conca d'Oro, un paladino della giustizia che riportava ordine nella distribuzione terrena dei beni. La pensava come sua nuora. Ma qualcun altro non era stato d'accordo.

Bevvi il caffè, chiacchierai del prezzo dei totani, ringraziai e mi diressi verso il commissariato.

Il funzionario di turno mi accolse per quello che ero: un fastidio nell'inverno quieto di mare. Mi disse che il fascicolo su Giovanni Neglia in loro possesso era quasi vuoto. Lo prese e vi trovò solo un precedente, segnalato dalla questura di Palermo, per un'effrazione avvenuta in corso Calatafimi. Bottino modesto, solo sospetti, nessuna prova su Neglia. Ringraziai il funzionario, lasciandolo alla sua contemplazione della calma invernale.

Tornai a casa convinto di avere perso il mio tempo e di aver bevuto un buon caffè. C'erano state giornate peggiori.

* * *

"C'è una signorina in portineria per te," mi comunicò al telefono Saro, l'usciere del giornale.

"Chi è?"

"Dice che si chiama Rosalia."

"Falla salire."

Il pomeriggio era cominciato con una pila di carte sulla scrivania: gli appunti dell'ultimo anno, da selezionare. Cosa tenere? Cosa buttare? Quali di quelle carte sarebbero state necessarie in futuro? Non ne avevo idea. Scartabellavo in quella montagna polverosa alla ricerca di un indizio di utilità. Ebbi voglia di conservare tutto: ero un cronista alle prime armi.

Mentre rileggevo gli appunti del mio inutile viaggio a Porticello, davanti a me si materializzò la giovane Cardinale. Aveva un soprabito grigio su un abito di maglia nera. I suoi occhi erano truccati in modo da andare d'accordo con l'abito. La bocca, unico punto di colore nel suo ovale, era del rosa naturale che ricordavo.

"Sono Rosalia Neglia, si ricorda di me?"

Stringeva a sé una borsetta, anch'essa grigia, che sembrava scomparire nel soprabito.

Mi alzai.

Certo che mi ricordavo di lei. Dei suoi occhi pieni di rabbia e di lacrime. Della mano dentro cui la sorellina aveva trovato un nido.

"Ci davamo del tu."

"Ragione hai. È che non sapevo se ti ero rimasta impressa."

Come un sigillo. Come un marchio a secco sulla carta di un libro. Invece dissi semplicemente: "Sì, mi ricordo bene di te."

"Mia madre non sa che sono qui."

"Che cosa è successo?"

Rosalia era in piedi davanti a me, al di là della scrivania di linoleum sommersa di carte.

"Ti devo dire delle cose, magari in un posto tranquillo." E indicò, alzando il mento, i tre colleghi seduti alle altre scrivanie in quel pomeriggio di quiete. La Cronaca non era mai stata più tranquilla.

"Se vuoi andiamo su, nella stanza dei fotografi. A quest'ora non c'è nessuno."

"Magari."

Tradussi mentalmente con un: "Sì, grazie."

Le feci strada. Il responsabile della cronaca politica, Pippo Suraci, scattò in piedi al nostro passaggio, presentandosi con un certo sussiego. Da quando lo conoscevo non si era mai fatto sfuggire la mano di una ragazza che entrava in Cronaca: belle o brutte, gliele stringeva dimenticandosi del proprio palmo sudato. E Rosalia era la più bella che avesse mai messo piede tra le nostre scrivanie. Lei non disse altro che: "Piacere." La spinsi leggermente, per staccarla da Suraci. Salimmo le scale.

Al secondo piano, la stanza dei fotografi era, come previsto, deserta. Tuttavia, nello scegliere il luogo riservato dove parlare, non avevo valutato il carattere e le abitudini di Filippo Lombardo. Appena aprii la porta, la testa tagliata del padre di Rosalia mi apparve sulla parete di fronte. Richiusi velocemente, chiedendole di pazientare solo un secondo.

"Devo sistemare una cosa."

Mi guardò senza capire, ma non si oppose.

Entrai, staccai la foto dal muro, la nascosi dentro il cassetto della carta Agfa vergine, e la feci entrare.

Posò il soprabito sul tavolo dove Filippo stendeva le stampe appena asciutte. L'abito del lutto segnava le sue forme, dandone un'immagine da Angelica nel *Gattopardo*. Non potei fare a meno di guardare la curva piena del suo seno.

"Che cosa c'è, Rosalia?"

"Tu mi devi aiutare. Io devo sapere perché hanno fatto quello che hanno fatto a mio padre."

"La polizia sta indagando. Io sono solo un giornalista."

"Loro non trovano mai niente. Non gliene frega niente. Ma io devo sapere."

"Capisco: il dolore di una figlia…"

"Non capisci. Non è solo il dolore. Mia madre dice che la disgrazia è stata grande. Ma io voglio sapere perché è stata così grande. Tutti devono sapere perché. Solo così potrò chiedere perdono."

Prese la borsetta. La aprì e tirò fuori un fazzoletto: i suoi occhi erano asciutti, lo prese solo nell'eventualità.

"Cosa ti devi fare perdonare?"

"Non lo so. Ma scippare la testa a un padre toglie la dignità ai suoi figli."

Cominciai a capire.

Poi aggiunse: "E io la rivoglio, la mia dignità. Ho diciotto anni; un giorno, chissà quando, anch'io mi voglio sposare. Chi se la prende la figlia di uno che gli hanno scippato la testa?"

La guardai con affetto. Una ragazza vestita a lutto, ben truccata, attraente, era venuta a chiedermi di aiutarla a ritrovare la dignità che una mannaia le aveva tolto. Pensai alla disperazione di una città dove crescevano vite così, al dolore di una figlia che non poteva soltanto piangere la morte di un padre, ma si doveva anche preoccupare di un riscatto sociale che una morte atroce le intimava. Odiai quelle strade, quei codici, quella violenza.

Mi avvicinai a lei. Ero stato in silenzio, e la vacanza di parole aveva drammatizzato la situazione. La sua bocca era attraversata da piccoli fremiti. Forse aveva voglia di piangere, ma non lo fece.

Le sfiorai le dita.

"Va bene, Rosalia: ti aiuto. Anche se la polizia non farà niente, io ci provo."

Fu lei a prendermi la mano. La strinse fino a farmi male; con gli incisivi si morse il labbro inferiore, che divenne ancora più rosa. Poi mi lasciò andare. Si rimise il soprabito e imboccò le scale.

"Vieni a casa mia tra mezz'ora," mi disse prima di andarsene. "Mia madre è uscita con mia sorella, tornerà questa sera: ti faccio vedere una cosa."

In portineria incontrammo il capocronista. Ci squadrò.

"Bella vita, eh!"

L'imbecillità della battuta si infranse contro lo sguardo nero di lei. Non era una bella ragazza in visita: Rosalia era la vittima di qualche migliaio d'anni di pensiero siciliano. Ma lui non lo sapeva.

* * *

Non volle venire con me in Vespa.

"Ci vediamo lì, io prendo l'autobus."

Naturalmente arrivai prima di lei. Aspettai un paio di portoni più in là, appoggiato al muro. Via Perpignano era un budello di grande scorrimento, un'arteria strozzata dal colesterolo della città. Le auto avanzavano in fila indiana, ininterrottamente, provenendo dai due sensi. Una 128 provò a passare prima di un'Alfa 1750 che veniva dalla Circonvallazione. Si fronteggiarono, muso contro muso. I due conducenti si fissarono gelidi: nessuno dei due aprì bocca. Restarono in silenzio, entrambi con le mani strette sul volante, come in una battaglia di pensiero. Non volevano litigare: ognuno dei due voleva soltanto vincere. Riflettei sul fatto che a Palermo, per strada, non si litiga per il semplice motivo che, semmai succedesse, qualcuno alla fine dovrebbe morire. E non è il caso di uccidere per il traffico. C'erano, in quegli anni, tante altre occasioni più rispettabili, quali il traffico di eroina, il racket delle armi, le rapine, la guerra per la supremazia mafiosa, le vendette passionali, le punizioni esemplari. L'automobile era come un mulo ottuso e comodo, e nessuno ammazzerebbe per un mulo.

Da piazza Principe di Camporeale vidi arrivare la sagoma verde dell'autobus sul quale era montata Rosalia. Si fermò a venti metri da me. Lei scese, si strinse il nodo del soprabito grigio, aprì il portone e, richiudendolo, mi fece un cenno con gli occhi. Avrei dovuto aspettare qualche minuto prima di salire. Vidi l'autobus allontanarsi sfiorando un balcone.

Il portone fece clic.

La trovai sulla porta, gli occhi più neri del buio.

"Vieni di qua, che ti faccio vedere."

La seguii nella sua stanza. Due letti affiancati. Si sedette su quello vicino alla finestra; sentivo il rumore delle auto passare lungo via Perpignano.

"Come fai a dormire?"

"È il rumore di tutta la mia vita. Siamo sempre stati qua."

Dal cassetto del comodino che separava i due letti tirò fuori qualcosa di piccolo avvolto in uno strofinaccio.

"Me l'ha data mio padre un mese fa."

Aprì la pezza e apparve una catena d'oro giallo di maglia marina, pesante, lucida: sembrava nuova.

"L'ho pulita io, è la mia dote."

La catena aveva un pendente ovale anch'esso d'oro. Lo girai: era la riproduzione di una gamba di donna, a rilievo.

Un ex voto.

"Rosalia, tu lo sai che cos'è?"

"Una gamba, che cosa dev'essere? Mio padre me l'ha data perché diceva che io ho le gambe più belle del mondo."

"Dove l'aveva presa?"

"Un mattino tornò dal lavoro e aveva due orologi e questa collana. Non ci diceva mai dove era stato. Ripeteva: dovete stare tranquilli, che io sono bravo. Una volta portò alla mamma un frullatore di vetro, grosso, era ancora da pulire. Qualcuno la sera prima ci aveva fatto il passato di fave, che quando si seccano si attaccano a tutto."

Studiai meglio il pendente. Avevo visto qualcosa di simile nel santuario su Monte Pellegrino. Centinaia di cose simili. Molti lasciavano accanto all'ex voto – per grazia ricevuta – anche frasi di ringraziamento, affinché chiunque potesse sapere che la famiglia era devota alla Santa.

Santa Rosalia.

"Questa è la copia di un ex voto."

Fece una smorfia interrogativa con le sue labbra piene: "Che mi significa?"

"Che quella notte tuo padre ha preso la collana a qualcuno che forse aveva lasciato un ex voto a Santa Rosalia. Per una grazia ricevuta. E magari aveva anche scritto come si chiamava. Abbiamo solo questa speranza di trovare il padrone della collana, questa sola speranza di capire perché è successo quello che è successo."

La ragazza annuì. Avvolse la collana nello strofinaccio, la mise nella borsa grigia e mi disse: "Andiamo subito."

Era quasi buio.

"No, Rosalia. Il santuario a quest'ora è chiuso. Io devo andare a casa, tua madre e tua sorella staranno tornando. Facciamo domani. Ti vengo a prendere domani mattina con la Vespa a piazza Principe di Camporeale: alle otto, alla fermata dell'autobus."

Posò la borsetta. Disse: "Va bene." I suoi occhi erano notte, le labbra rosa illuminavano quel suo viso bellissimo nella penombra, drammaticamente Cardinale.

Mi accompagnò alla porta. Non ci sfiorammo; restarono nell'aria i nostri due "ciao".

* * *

La casa era fredda. I profumi che venivano dalla cucina sembravano una brezza speziata. Origano.

"Ciao, amore mio," sussurrò Lilli poggiando le labbra sulle mie. "Sto facendo l'arrosto panato."

Aveva addosso un grembiule con su stampato uno smoking che le dava un aspetto buffo e sexy.

"Gli altri?"

"Sono andati a prendere un bicchiere di vino da Di Martino. Tornano presto. Gli ho detto che facevo l'arrosto."

Tornò in cucina. La seguii abbracciandola da dietro, cingendola forte.

"Guarda che c'è la carne in padella," mi avvisò.

"Fuoco basso, puoi anche spegnerlo. Ho bisogno di te."

Spense, si girò. Le nostre mani si intrecciarono basse lungo i fianchi, le nostre bocche si ritrovarono completamente impanate, come arrosti teneri, succosi. Un bacio che sapeva di origano, di tenerezza. Lungo abbastanza per studiare com'eravamo, per raccontarci la nostra giornata. Un bacio che tutti vorremmo dare e ricevere, ogni giorno, quando le luci si abbassano.

Lilli appoggiò la testa nell'incavo della mia spalla. Sentii il profumo dei suoi capelli. Li baciai con delicatezza, come si fa con un neonato.

"Amore mio," le sussurrai.

Mi sorrise, staccandosi.

"Finisco l'arrosto: gli altri stanno tornando."

Riaccese il fuoco basso sotto la padella, dove aveva sistemato le quattro fette di manzo passate prima nell'olio, poi in una panatura arricchita da origano, sale, pepe. Una cottura lenta, estenuante, per non far bruciare il pangrattato.

Mi cambiai, indossai un maglione di spugna blu a girocollo. Cercai del vino, trovando solo una bottiglia di nero di Pachino senza etichetta. L'avevo comprato con Fabrizio in una cantina del ragusano, durante una gita, l'estate prima.

"Lilli, ti va un bicchiere?"

Sentii il suo sì mentre Serena e Fabrizio rientravano.

"Ciao, giornalista," mi disse lei, scuotendo i capelli scuri appiattiti dal casco. A Palermo erano gli unici a girare in moto con la testa protetta. "Fabri, guarda come si riducono," finse di piagnucolare.

Lui le scompigliò l'acconciatura assurdamente liscia, che sembrava dovuta al passaggio di una lingua di mucca.

"Sei bella lo stesso."

Era vero.

"Lilli ci ha detto che faceva l'arrosto panato, ha mantenuto la promessa," disse Fabrizio annusando l'aria in modo ostentato.

La serata fu semplice. Avevo voglia di non pensare alle paure di Rosalia. Serena tirò fuori lo Scarabeo, io misi Paolo Conte: provammo a giocare usando solo parole contenute nei suoi testi. Vinse Fabrizio con una stupefacente "barbarica". Nove lettere. Talmente lunga che non era prevista dal regolamento.

Cicova era sul divano, in dormiveglia, faceva le fusa. Pensai a una frase del passato che al liceo non capivo, copiata sul mio diario da una compagna. Diceva che avrei dovuto impararla a memoria: "Vorrei avere nella mia casa una donna ragionevole, un gatto che passi tra i libri, degli amici in ogni stagione senza i quali non posso vivere." Era di un poeta francese. Quella sera ne compresi il senso.

A letto Lilli mi parlò di un libro illustrato che le era arrivato in negozio. Un supereroe mostruoso e imbattibile che si chiamava Goldrake. Viaggiava nello spazio, aveva razzi che gli uscivano dal corpo, e una maschera che faceva paura a tutti i cattivi dell'universo. Mi spiegò che i bambini volevano solo i suoi libri, il suo modellino. Li doveva tenere in negozio, ma a lei facevano ribrezzo.

Provai a consolarla: "Sta cambiando tutto. Ma tu no, per favore." Mi diede un bacio delicato. L'abbracciai; sentii i suoi piedi freddi. Si accucciò girandosi a incastro, spingendo le piante contro le mie cosce: la scaldai rapidamente. Si addormentò con le mie mani come reggiseno.

Non presi sonno. Avevo negli occhi l'immagine di Rosalia al giornale, il suo pianto trattenuto. Mi chiedeva giustizia e io sapevo che non potevo dargliela. Sentivo accanto a me il calore di Lilli, il suo respiro lieve di sonno già profondo. Erano loro i due poli. Due ragazze agli antipodi, le facce alternate di una Palermo che mi costringeva alla scissione. L'una e l'altra. Il nero di Rosalia, il biondo di Lilli. La complessità di una vita centrata sull'onore, contrapposta alla semplicità di un'esistenza piana, di sentimenti semplici, di tenerezze e piedi freddi.

Vivevo in quell'equilibrio disordinato che danno due donne diverse tra loro. Le avrei amate entrambe, se solo avessi vissuto un'altra vita. In quel momento non potevo, sapevo che il mio posto era nell'incastro perfetto che il corpo di Lilli trovava nel mio. Rosalia era lo specchio in ombra, il riflesso dell'altra vita, il bisogno d'essere uomo.

Mi addormentai immaginandomi in una sala prova del sarto di mio padre. Mi guardavo nello specchio triplo. Nell'anta centrale c'ero io, in giacca blu; in quella di sinistra Lilli, nuda; in quella di destra Rosalia, vestita a lutto.

* * *

Il cielo era striato di nero; il mattino si annunciava difficile. L'aria fredda dell'inverno pesava sulla città, come scaricata da una nave container. Rabbrividii nel breve tragitto in Vespa da casa al giornale. Erano le sette. Sapevo che in quel momento Lilli e Cicova si stavano stiracchiando; entrambi si sarebbero riaddormentati.

Saro mi accolse con il suo solito saluto: "Occhi di sonno, occhi di sonno." Non risposi. "Occhi di freddo, oppure d'amore," avrei voluto dirgli. Mi limitai a sorridere: ero intirizzito e di umore invernale.

Andai alla scrivania, vidi il capo che s'accendeva una MS. Provai a immaginare il numero di caffè che aveva già bevuto, di sigarette che aveva già fumato. Gli feci un gesto deferente con la mano: al mattino i convenevoli erano davvero ridotti all'osso.

Mi lasciò togliere il giubbotto di panno blu, mettermi seduto, aprire il quotidiano del mattino, quel lenzuolo che vendeva cinque volte più di noi. Poi disse: "Vieni qua, parliamo di quella testa."

"Oggi dovrei saperne qualcosa di più. Vado a Monte Pellegrino."

"Bravo, così magari la Santuzza ti fa la grazia di darti una notizia."

"Devo controllare una cosa importante…"

"… che non si può sapere."

"Esatto. Diciamo che sono scaramantico. Comunque, appena so qualcosa, cerco un telefono…"

Raccolsi dalla scrivania sigarette, penna, accendino, blocnotes, misi tutto nel giubbotto e filai verso piazza Principe di Camporeale. Avevo il tempo per un caffè e una sigaretta sotto i portici. Un quarto d'ora di pace.

Alle otto parcheggiai la Vespa a dieci metri dalla fermata dell'autobus, dove attesi Rosalia. Venne verso di me stretta nel suo soprabito grigio, i capelli legati, un paio di pantaloni scuri, scarpe basse. Non era truccata, si guardava intorno con occhi duri, che addolcì solo quando mi scorse.

"Ciao, Rosalia."

Ricambiò il saluto, guardandosi intorno.

"Andiamo con la Vespa, ti va bene?"

"Sì," rispose. Si toccò i fianchi come per sistemare il soprabito, che non ne aveva bisogno.

"Sei già stata su una Vespa?"

"Certo."

Misi in moto, lei montò dietro e si abbracciò che ancora eravamo fermi. Sentii il suo corpo aderire alla mia schiena, avvertii le forme che avevo immaginato in quel suo abito di maglia.

"Non corro, te lo giuro."

"Grazie."

Allentò la presa, e un po' mi dispiacque.

Venti minuti dopo eravamo alle falde di Monte Pellegrino. La strada per il santuario si imboccava dalla Favorita, il vialone che portava a Mondello. Era la strada delle coppiette e delle cronoscalate fatte con le 500 Abarth, una sequenza di tornanti e gallerie che portavano sulla cima della montagna sovrastante Palermo. I tunnel erano pieni di auto in sosta con i vetri foderati di giornali: ci si amava, tra sedili reclinabili e gusto del proibito.

Sulla cima del Monte, il castello Utveggio con la sua pietra rossa. Poco sotto, la grotta dove nel 1165 venne trovata morta Rosalia Sinibaldi, una nobile normanna discendente da Carlo Magno che non volle andare in sposa a un conte: preferì tagliarsi i capelli, fuggire, vivere da eremita in quella grotta e morire illibata. L'antro di roccia dove fu rinvenuta cadavere da alcuni pellegrini fu trasformato, nel corso dei secoli, in luogo di culto ai confini del paganesimo. Noi eravamo diretti alla grotta di

Rosalia, affettuosamente chiamata la Santuzza, molto amata dai palermitani, i quali le tributavano da ottocento anni un festino lungo quasi una settimana.

Arrivammo al santuario alle otto e mezza. Vi trovammo solo un piccolo gruppo di tedeschi, gli unici al mondo che prendono sul serio la condizione, altrove piacevole, di turisti. Mentre la guida spiegava, noi ci addentrammo come per andare a pregare vicino alle reliquie.

Le pareti della grotta brillavano d'oro e d'argento: migliaia di ex voto erano stati appesi per grazia ricevuta, trasformando l'antro in una caverna metallica, preziosa e rilucente. I curatori del santuario, con gusto per l'ordine, avevano disposto gli ex voto secondo categorie: in alto a destra quelli raffiguranti cervello e testa; a sinistra gli organi interni, cuore, fegato, reni, stomaco, cistifellea; infine le braccia e le gambe. Centinaia di arti raffigurati in ovali e rettangoli di metalli preziosi. Molti avevano sulla placca un'incisione: "La famiglia Di Liberto pose riconoscente, per grazia ricevuta", "La famiglia Spampinato eseguì per grazia ricevuta"... Ogni ex voto aveva un suo stile d'incisione.

Rosalia tirò fuori dalla borsa lo strofinaccio con dentro la collana. La guardammo bene, cercando analogie con qualche placca nella zona dedicata alle gambe.

"Proviamo con le più grandi," dissi. "Se la copia era attaccata a una collana d'oro, la famiglia che l'ha fatta deve avere soldi, e magari ha scelto un ex voto costoso."

Le placche d'oro e d'argento più importanti erano alla nostra sinistra, in basso. I tedeschi facevano domande in continuazione alla guida. Uno puntò l'indice su una barca in tempesta incisa nell'argento: si ringraziava anche per essere sfuggiti ai naufragi.

Rosalia faceva i confronti, io la seguivo.

La medaglietta ovale che pendeva dalla collana rubata era

contornata da un alloro intrecciato. Al centro, una gamba che sembrava appartenere a una diva. La mano dell'incisore era sicuramente mano d'artista: un realista anni Cinquanta, guttusiano. Coscia tornita, polpaccio filante, piede aggraziato. Mancava solo la firma del maestro di Bagheria.

Rosalia indicò un ex voto in basso, quasi a terra.

"Guarda qua, ci somiglia molto."

Mi inginocchiai accanto a lei, le nostre spalle erano a contatto. Le tenni la mano con il pendente, che sovrapposi all'ex voto appeso alla roccia. L'uno era l'ingrandimento dell'altro.

Lo avevamo trovato. Lessi la scritta ad alta voce: "La famiglia Pecoraino pose per grazia ricevuta da Filomena – 8 maggio 1981." Appuntai "Pecoraino", "Filomena" e la data sul mio bloc-notes. Tre sgorbi illeggibili. Rosalia guardò il foglio e mi chiese: "Ma che cosa hai scritto?"

"Niente, cose mie."

Mi strinse il braccio, aveva una luce abbagliante negli occhi scuri. La vicinanza dell'altra Rosalia l'aveva resa un concentrato di energia che, scendendo i tornanti che ci riportavano alla Favorita, si scaricò sul mio torace, stretto come in una morsa dolce. A ogni frenata della Vespa sentivo il suo seno spingere sulla mia schiena. Ringraziai la Santuzza.

**

A mezzogiorno ero davanti al capo della squadra mobile, Antonio Gualtieri, dopo aver lasciato Rosalia alla fermata di piazza Principe di Camporeale.

Sulla sua scrivania c'era una copia di "Tuttosport", con un titolo su Platini in prima pagina.

"Antonio, ce la fa, ce la fa."

"Se continui ti faccio arrestare."

"Lo so che sul Pallone d'oro non si scherza, ma te lo dico con il cuore."

"Meglio per te se parliamo di omicidi: che vuoi sapere?"

"Chi sono i Pecoraino?"

"Pecoraino chi?"

"Non lo so. Una figlia o una moglie si dovrebbe chiamare Filomena. Forse sono legati al giallo della testa mozzata. Ho visto una collana con un pendente. Potresti farmi la cortesia…"

Non mi fece finire.

"Zoller!" urlò come se stesse andando a fuoco l'ufficio.

L'ispettore entrò precipitosamente.

"Comandi!"

"Questo mio giovane amico fa l'investigatore, non è che lo vuoi nella tua squadra?"

"Dottore, se me lo ordina…" rispose Zoller con tono rassegnato.

"Lo vedi, manco Zoller ti vuole. Ma per forza devi scoprire qualcosa su quella testa?"

Non gli dissi di Rosalia e della promessa che le avevo fatto.

"Mi sono fissato. Il mio capo dice che un delitto così strano può fare vendere copie."

La strategia della pietà funzionò.

"Va bene. Zoller, facciamo la carità a questo ragazzo che vuole diventare famoso. Vedi chi è questa Federica…"

"Filomena Pecoraino."

"Filomena. Ma che c'entra questa donna con il delitto?"

"Non ne ho idea. Forse niente. Ma per capirlo è importante scoprire chi è."

Gualtieri mi guardò dall'alto in basso. "Riecco il giovane investigatore," disse.

Zoller uscì. Si congedò con un "Agli ordini!" diretto al suo superiore.

Il piantone entrò con due caffè. Chiacchierammo del Palermo che mi faceva penare e della Juve che lo faceva sognare. In quei dieci minuti, il telefono squillò una decina di volte. Gli sentii dire: "Vacci tu, cazzo!", "No, è fuori turno", "Va bene, lo autorizzo a usare il suo Ciao per il pedinamento", "I Greco? E che cosa vuoi da me?", "No, non credo di tornare prima di stasera alle dieci. Vanno bene i calamari." Frammenti di conversazioni con sottoposti, giudici, questore, sottufficiali, moglie. Il telefono di Gualtieri era un incubo con il filo.

Rientrò Zoller.

"Dottore, ho trovato. Pecoraino Filomena, nata a Palermo il 10 agosto 1970, morta a Palermo il 16 febbraio 1982. Figlia di Pecoraino Ruggero, classe 1947, cognato di Incorvaia Salvatore, classe 1944, latitante, capo mandamento di Partanna Mondello secondo la testimonianza del dichiarante Fascetta Gaspare."

Giovanni Neglia aveva rubato la cosa sbagliata nella casa sbagliata. Raccontai a Gualtieri del pendente con la copia dell'ex voto trafugato; gli riferii che cosa avevo visto nella grotta su Monte Pellegrino, senza dire che ci ero stato con Rosalia.

Mi ringraziò. Anche lui a quel punto si era fatto un'idea.

Tornai al giornale in fretta, giusto in tempo per scrivere un pezzo che cominciava in prima pagina. Il titolo diceva: "Il mistero della testa tagliata: c'è una pista."

Nell'articolo non facevo il nome dei Pecoraino né degli Incorvaia. Parlavo della copia di un ex voto che aveva indirizzato le indagini. A Rosalia Neglia, la figlia addolorata, facevo dire che aveva bisogno di sapere la verità. "Non si può vivere con il peso del dubbio," concludeva. Neanche fosse una pensatrice kantiana. Parole che lei non aveva detto, ma che io pensavo.

Come in moltissimi casi di cattivo giornalismo, avevo attribuito alla persona che intervistavo i miei pensieri, correggendo i suoi. Complimenti, mi dissi rileggendomi.

Il pomeriggio lo trascorsi al giornale, riguardando gli appunti raccolti tra piazza della Stazione, Porticello, squadra mobile, Monte Pellegrino. Non riuscivo a capire il motivo dell'ex voto: la bambina alla fine era morta. La grazia non era stata ricevuta. Come spesso capita, né i medici, né la Santuzza erano serviti. Perché, allora, i Pecoraino avevano fatto incidere ben due placche d'oro?

Chiesi ad Annamaria, la mia amica archivista, di trovarmi i necrologi del 17 febbraio 1982. L'indomani della morte della piccola Filomena. Un'ora dopo sul mio tavolo c'era una fotocopia.

Il papà Ruggero e la mamma Maria,
straziati dal dolore, piangono la scomparsa di
FILOMENA PECORAINO
di anni 12,
strappata innocente alla vita dopo terribili sofferenze.
Che Dio l'abbia in gloria.
Si ringraziano i medici dell'Ospedale dei Bambini,
in particolare la dottoressa Buttitta.

Una pista c'era. Come diceva la nostra prima pagina.

* * *

L'Ospedale dei Bambini sembrava un carcere cileno. Grigio, cubico, mancavano solo i nidi di mitragliatrice agli angoli e il filo spinato intorno.

La disperazione del luogo la sentivi addosso, come fosse una divisa. Una mamma mi urtò spingendo una sedia a rotelle: la bambina a bordo mi rivolse uno sguardo vitreo, il suo viso era storto da uno spasmo. In portineria chiesi della dottoressa Buttitta.

"Ha un appuntamento con il primario?" mi domandò un uomo grasso con i capelli bianchi e una copia della "Settimana Enigmistica" poggiata sul telefono.

"No, vorrei vedere la dottoressa."

"Cioè vuole vedere il primario."

"Mi scusi."

Ero partito male. Mi presentai, il portiere scostò la "Settimana", fece una chiamata in reparto, riferì che un giornalista chiedeva di essere ricevuto.

"Per un caso triste, di una bambina morta," suggerii.

Il portiere coprì il microfono della cornetta e mi sussurrò, gelandomi: "Qui tutti i casi sono tristi."

All'altro capo del telefono dissero qualcosa.

"Va bene, lo faccio salire."

Riattaccò. Avrebbe preferito chiamare la sicurezza e farmi sbattere fuori.

Il reparto era al secondo piano. La targa all'ingresso, in plastica, diceva: "Medicina generale 1 – Primario dottoressa Rosa Buttitta." Con un coltellino qualcuno aveva inciso sulla plastica: "Suonare."

Eseguii, anche se non serviva: la porta era aperta.

C'era un viavai di infermieri. In fondo al corridoio notai una signora in camice, alta, con i capelli biondi cotonati, accanto due giovani anch'essi in bianco. Fermai un portantino.

"È il primario?" chiesi indicandola.

Fece di sì con la testa e scomparve.

Le andai incontro, aveva accomiatato i due collaboratori e stava rientrando nella sua stanza.

Mi presentai.

"Ah, il giornalista. Venga."

Entrammo nel suo studio. Una stanza semplice con una scrivania bianca di metallo, un divano in similpelle color cuoio, una vetrina per i medicinali che le lasciavano i rappresentanti. La parete dietro la scrivania era ingentilita da un grande paesaggio barocco a olio, sui toni del rosso. Una seconda tela era appesa accanto a una libreria svedese: si vedeva un uomo di spalle fissare il mare da uno scoglio. Un'immagine che poteva contenere, a seconda degli occhi di chi la guardava, speranza o disperazione.

"Ama l'arte?"

"Mi aiuta a sopravvivere," rispose accennando un sorriso gentile.

"Non saprei mai fare il suo lavoro."

"L'ho scelto a vent'anni. Ora ne ho cinquantasei. Con queste mani ho toccato tutte le forme del dolore."

Me le mostrò: curate, con unghie lucide da Mavala.

"Dottoressa, mi perdoni. Ho bisogno di sapere che cosa ricorda di una bambina che purtroppo non c'è più."

Mi vergognai per l'ipocrisia della perifrasi. Non era donna da falsi pudori.

"Mi dica il nome e la data di morte."

"Filomena Pecoraino, 16 febbraio 1982."

Chiamò un assistente, si fece portare la cartella clinica.

"È stata mia paziente. Mi ricordo. Aveva un tumore osseo partito dalla gamba destra, il decesso avvenne in Ortopedia. Ma io la seguii lungo tutta la malattia. Gliel'avevano scoperto a dieci anni. Un anno di chemio, sembrava molto migliorata. I genitori pensarono fosse guarita."

E ringraziarono santa Rosalia, aggiunsi mentalmente.

Tutto si andava chiarendo.

"Si ricorda di avere mai visto una collana d'oro a Filomena?"

"Non voleva toglierla mai. Ogni volta che dovevo visitarla scherzavo sul suo gioiello. Gliel'avevano regalato i genitori, le avevano detto che così santa Rosalia l'avrebbe protetta. Non ho mai incoraggiato queste cose tra i miei pazienti. Però, certo, le favole, i bambini…"

Si interruppe. I suoi occhi fissarono un punto a metà strada tra la vetrina dei medicinali e la libreria. Il bianco sporco della parete.

"La chiamarono quando morì?"

"Sì, vollero che fossi lì con loro. La bimba era in uno stato di scarsa coscienza, dovuto ai farmaci; se ne andò che era sera, tenendo la mano della mamma. Ricordo che la signora in quei primi momenti non riuscì a piangere. Sfilò in silenzio la collana dal collo di Filomena. La mise in tasca, si allontanò dal letto come un automa. Poi svenne."

**

Ognuno di noi conserva reliquie, ne è piena la memoria: frammenti di conversazioni, immagini, stati d'animo, piccoli oggetti. Li veneriamo come fossero cartilagini di santi. I nostri santi: laici, miscredenti, carnali. Conobbi una ragazza che girava con un sasso nella sua borsa di Tolfa. Piccolo, levigato, veniva da un mare lontano; l'aveva raccolto per lei sul Pacifico un fricchettone innamorato. Non si separava mai dalla sua pietra di mare: "Mi dice dove andare, mi tiene in equilibrio." Erano anni di sentimenti stellati, parole raccolte nel cielo, occhi limpidi.

La collana di Filomena rimase nella borsa di Maria Pecoraino solo il tempo di andare dall'Ospedale dei Bambini a casa. L'avvolse in un fazzoletto ricamato, e una volta in camera da letto scelse dove conservarla: aprì la ribaltina del cassettone stile Impero che stava ai piedi del letto, tirò fuori una piccola scatola di velluto rosso dallo sportellino frontale e lì la fece scivolare. Chiuse l'automatico della scatola: quel rumore le prefigurò il sigillarsi della bara bianca. Poi nascose la chiave della ribaltina nel primo cassetto, tra i fazzoletti.

Era il 16 febbraio del 1982. Quasi due anni dopo, il cassettone stile Impero sarebbe stato violato dalla mano svelta e guantata di un ladro che rubava solo *cose oneste*.

* * *

Tornai a casa con l'immagine dell'uomo di spalle che guardava il mare. Speranza o disperazione? Oscillavo pensando a tutta la storia, che andava ricomponendosi. Che speranza aveva avuto Giovanni Neglia di sopravvivere al proprio errore? E quale disperazione attendeva Rosalia? Quella della verità? Avrei dovuto dirgliela tutta? Omettere i dettagli? Dirle che una bambina se n'era andata e una madre non sarebbe più stata la stessa donna? Avrebbe capito? Le sarebbe bastato a comprendere l'orribile crudeltà subita dal padre, dalla loro famiglia?

Sentivo una sproporzione insopportabile tra il delitto e la pena, inflitta in nome di un codice di giustizia spietato, primitivo. Dovevo riflettere, scegliere le parole da usare con lei e sul giornale.

Mi serviva Lilli, mi serviva la sua dolcezza: dovevo ridare misura ai miei pensieri.

"Mio amore, dove sei stato?"

Mi accolse sulla porta con un abbraccio caldo. Sentii il tepore sciogliere i primi nodi dentro di me: avrei voluto addormentarmi in lei.

"La storia della testa tagliata."
"Tu vedi sempre cose molto brutte."
"Faccio il cronista: non scelgo."
"Vuoi bere qualcosa? Fabrizio ha comprato della birra."
Sentii *Father and Son* venire dal salotto. Lilli amava Cat Stevens, Serena lo detestava.
"Grazie, amoruzzo."
Prese una bottiglia da 66 di birra Messina e due bicchieri. Ci sedemmo sul divano marrone.

It's not time to make a change,
Just relax, take it easy.
You're still young, that's your fault,
There's so much you have to know.[5]

Avrei voluto piangere. Lilli mi prese la mano: la carezzò come fosse velluto, nel verso giusto. Sentii tornare dentro di me il tepore dell'abbraccio. Quella ragazza era il mio sole.
Bevemmo la birra. Poi per fortuna cominciò *Tea for the Tillerman*, il brano successivo. E arrivarono Fabrizio e Serena.
"Giornalista, sei davvero un uomo fortunato."
La guardai accennando un sorriso. Lilli le disse: "Ciao, Sere."
"Ehilà!" fece Fabrizio, mostrandoci un enorme vassoio avvolto in una carta da panificio rosa pallido.
"*Sfincione*. Stasera si festeggia," aggiunse.
"Cosa, Fabri?"
"Trenta e lode in gestione d'impresa. Lo-de: capito?"
Era un grosso scoglio, me l'aveva spiegato. Ero felice per lui,

---

[5] Non è tempo di cambiare, / rilassati, prendila come viene. / Sei ancora giovane, questo è il tuo problema, / c'è così tanto che devi conoscere.

e per noi che avevamo un paio di chili di *sfincione* caldo e profumato.

La serata aveva trovato un nuovo punto di equilibrio. Tolsi Cat Stevens, misi *Young Americans*. Il funky di Bowie era una finestra aperta su un futuro che sognavo, lontano dalla ferocia di Palermo.

* * *

La mafia ha sempre ritenuto che il controllo del territorio fosse uno dei fondamenti del potere. Sei potente solo se controlli, se tutti sanno che hai il controllo. Nella primavera dell'82, quando il generale Carlo Alberto dalla Chiesa venne nominato prefetto di Palermo, si aprì un dibattito sui poteri conferiti con il nuovo incarico al leggendario cacciatore di terroristi. Il dibattito si concluse presto: a dalla Chiesa lo Stato non aveva dato alcuna facoltà speciale. Ne convennero tutti, compreso lo stesso dalla Chiesa, che chiese spiegazioni di questo trattamento all'uomo che lo aveva inviato in Sicilia, il ministro dell'Interno Virginio Rognoni. Ottenne promesse mai mantenute, non poteri. Cinque mesi dopo la mafia assassinò il generale, la moglie Emanuela Setti Carraro e l'autista Domenico Russo. Un abitante del quartiere affisse sul luogo dell'eccidio un cartello scritto a penna: "Qui è morta la speranza dei palermitani onesti." Era momentaneamente vero. Ma l'uccisione di dalla Chiesa conteneva l'altra verità, ben nota alla mafia: non si vince se non si ha il controllo. Dalla Chiesa era intelligente ma inerme. A differenza dei boss che ne ordinarono la morte.

I capi di Cosa Nostra non solo avevano il potere di controllo, ma avevano anche il dovere di dimostrarlo. Le uccisioni dovevano essere esemplari. Tutti dovevano capire. I corleonesi fecero il salto di qualità: portarono a Palermo la strategia stragista fatta di autobombe e tritolo nascosto sotto l'asfalto, di assalti in autostrada; introdussero un tasso di ferocia mai visto prima. Mozzare una testa era un passaggio obbligato, in quel delirio di potere assassino. Se la vita fosse un discorso, la decapitazione di Giovanni Neglia rappresenterebbe la locuzione "per esempio".

* * *

Castrenze Neglia finì di coprire col sale anche l'ultimo uovo di tonno. Il suo lavorante l'aiutò a spostare il *balatone*, la grande pietra levigata che serviva da pressa. Si asciugò il sudore, si grattò la testa.

Pensò a suo fratello Giovannuzzo, alla bocca atteggiata in un sussurro sulla prima pagina del giornale: gli venne da vomitare. Lo aveva consegnato ai suoi assassini, lo aveva tradito senza scegliere, inginocchiandosi davanti alla richiesta di Totuccio Incorvaia, alla brutalità del ricatto: "Castrenze, gioia mia, lo sappiamo che è stato lui a rubare la collana, ce l'hanno detto i ricettatori del Borgo. Portalo a noi, che gli diamo quattro legnate. Tu torni tranquillo a *travagghiare* con l'uovo di tonno. E lui si rimette a posto con i cugini miei, i Pecoraino. Ti conviene, senti a me."

Gioia mia. Due parole che stonavano sulle labbra sottili, grigiastre, di Totuccio Incorvaia. A Castrenze faceva paura quell'uomo così giovane, così cattivo. Rispose di sì con gli occhi, abbassandoli. L'indomani notte condusse con una scusa Giovanni al mercato del pesce, dietro la Cala. Trovò ad attenderlo Totuccio scortato da due *picciotti*. Giovanni guardò il fratello maggiore, smarrito: non capiva. Castrenze fece due passi indietro, inarcò le sopracciglia come per dirgli "che ci vuoi fare?": sapeva che l'avrebbero picchiato, che avrebbero preteso un saldo di dolore; ma i debiti, a Palermo, è meglio non lasciarli in sospeso.

Che ci vuoi fare, Giovannuzzo?

Tornò a casa, certo di dovergli spiegare l'indomani che l'aveva fatto per il suo bene. Quattro cazzotti, due legnate, poi tutto a posto. Tutto, fuorché una testa che in quella foto non smetteva di sussurrare: "Mi hai tradito, fratello mio."

Il suo lavorante andò via. Avevano cambiato il sale a tutte le uova di tonno. Si lavò le mani, prese un foglio di carta a quadretti, scrisse due righe in stampatello irregolare in una lingua di confine, la sua: "HANNO STATO INCORVAIA, AL MECCATU DEL PESCI." Piegò il foglio, lo infilò in una busta gialla da raccomandata, vi pose l'indirizzo del giornale, il nome del cronista che aveva scritto gli articoli sull'omicidio di Giovannuzzo, e la imbucò.

I debiti si pagano, a Palermo.

* * *

La raccomandata di un analfabeta. Era sul mio tavolo, buttata lì da Saro che aveva distribuito la posta del giorno: tra nome, indirizzo e città contai cinque errori di ortografia. La aprii. E la mia teoria trovò una conferma: gli analfabeti sanno tutto.

Rilessi quelle due righe in stampatello. Gli Incorvaia: esatto. I cugini dei Pecoraino. Erano stati loro, al mercato del pesce.

Mi consultai con il capocronista; decidemmo di consegnare la lettera anonima a Gualtieri, il capo della mobile. Stavo cercando il numero diretto quando squillò il telefono sulla mia scrivania. Il centralino mi disse che c'era una ragazza che chiedeva di me.

"Chi è?"

"Non l'ha voluto dire."

"Va bene, passamela."

Avevo capito.

"Ciao, Rosalia."

Rimase in silenzio. Sentii il suo respiro.

"Ti devo parlare, puoi venire subito da Cofea?" Aveva un tono dolente.

"Arrivo."

Mi misi in tasca la lettera anonima, presi il giubbotto di panno, e scesi di corsa le scale.

Otto minuti dopo ero davanti alle migliori brioche con gelato di caffè mai fatte a Palermo.

Rosalia era sul retro, seduta a un tavolino. Aveva occhiali da sole anni Sessanta con lenti grandi, di plastica nera, e il soprabito grigio; nel complesso un aspetto, se possibile, indurito. Mi sedetti con lei, chiedemmo dell'acqua minerale.

"Devi smettere di scrivere." Così, a freddo.

"Ciao, Rosalia. Che cos'è questa storia?"

"Devi smettere, devi smettere." La sua voce si ruppe, diventando singhiozzo.

"Che è successo?"

Alzò le lenti, un ematoma le chiudeva l'occhio sinistro.

"Uno, ieri sera. Mi aspettava vicino alla fermata. Mi ha detto che se volevo sapere la verità, lui me la diceva. Come l'avevano detta a mio padre. Ho cercato di scappare, mi ha dato uno schiaffo fortissimo. Sono volata per terra. E lui se n'è andato piano, accendendosi una sigaretta."

Le presi la mano. Sentii che era gelida. Si rimise gli occhiali, strinse le mia dita, vidi una lacrima violare lo sbarramento della montatura e rigarle in viso.

"Ti ho promesso di aiutarti, di scoprire la verità perché tu potessi riavere la tua vita," le dissi.

"Lo so. Ma ora ho paura."

Pensai al foglio anonimo nella mia tasca. C'era scritta la verità, e l'avrei tenuta per me. Forse.

Avvicinai la mia sedia alla sua.

"Rosalia, te ne devi andare. Sei una ragazza bella, intelligente, orgogliosa. Vattene, scappa."

"Io sono una figlia: non vado da nessuna parte."

Mi lasciò la mano. Si alzò, sistemandosi il soprabito.

"Tu invece fammi la carità: smetti di scrivere della storia di mio padre."

Risposi di sì, con l'immediato senso di colpa di chi non sa mentire: non avrei scritto, ma la polizia non avrebbe smesso di indagare.

Ci demmo un solo bacio sulla guancia, come si fa a Palermo. Poi la vidi andare via. Non si girò indietro, aveva deciso di arrendersi.

* * *

A fine pomeriggio andai da Gualtieri, gli consegnai la lettera anonima, gli riferii delle minacce e delle violenze subite da Rosalia. Lo pregai di andarci piano. Di non rendere pubblico tutto. Mi chiese perché.

"Quella ragazza vorrebbe avere un futuro," provai a spiegargli.

Mi guardò incuriosito.

"Secondo me, questo futuro lo potrà avere solo se prendiamo gli assassini di suo padre e diciamo com'è andata. Che ne pensi, giovane investigatore?"

"Sì e no."

"Che vuol dire?"

"Antonio, dovresti saperlo: a Palermo non c'è mai un sì pieno, e neanche un no diretto. Le cose si dicono a *trasi e nesci*, a entra ed esci. Un po' avanti e un po' indietro: mai nettamente in una direzione."

"E noi che facciamo, un poco arrestiamo e un poco non arrestiamo?"

"No, ti chiedo solo di essere delicato. Non far scrivere tutta la verità sulla decapitazione di suo padre."

"Io ancora non la so, la verità."

"La scoprirai, stanne certo. Parti come me dall'ex voto a santa Rosalia e da questo biglietto anonimo. Avrei potuto buttarlo, invece te l'ho portato proprio perché vorrei che la verità arrivasse, però delicata."

Era un torinese a Palermo; ma in quell'istante credette di essere un umano, il solo umano, su Marte.

"Va bene. Proteggerò quella ragazza."

Gli sorrisi con gratitudine. Scambiammo ancora due battute su Boniek e "France Football", poi andai via.

Il cielo della sera era scuro, sull'orlo d'un temporale. Per strada sentii le prime gocce sul viso. Legai la Vespa a un lampione davanti al portone di casa. Avevo bisogno di sicurezza.

Lilli era in cucina, Serena e Fabrizio in camera loro. Cicova si struscò contro il mio polpaccio sinistro. Sentivo il tempo lento di *Us and Them* venire dal salotto, le voci di Gilmour e Wright. Ero tornato sul mio pianeta felice, respiravo la mia generazione, avevamo cellule in comune.

"Bentornato, mio amore," mi disse Lilli venendomi incontro in corridoio. La abbracciai talmente forte da toglierle il fiato.

"Io ti amo," le sussurrai, lasciandola libera di inspirare. Anche lei era figlia, anch'io ero figlio. Lo eravamo tutti, in un posto dove il senso della parola "famiglia" oggi è amore, domani orrore.

La sera scivolò tranquilla tra un piatto di spaghetti e qualche LP di progressive rock. Provai a dimenticare le lacrime di

Rosalia. Proposi una partita a Trivial Pursuit. Due squadre contro, a incrocio: Fabrizio e Lilli, io e Serena. Fummo battuti rapidamente: loro sapevano tutto, erano insopportabili.

Lilli sbadigliò, Serena e Fabri ci diedero la buonanotte: andammo a letto anche noi.

Non riuscii ad addormentarmi. Non era adrenalina, quella l'avevo esaurita con Rosalia e con Gualtieri. Era il senso di inadeguatezza rispetto alle mie giornate: lavoravo, maneggiavo la morte, parlavo con poliziotti, donne, ragazzi. Cercavo, trovavo, scrivevo. E non capivo niente. Non comprendevo il perché. Il perché di un mondo a parte, diverso da quello che sapevo ci fosse lì fuori, a *più quattordici* da Palermo. Bastava un treno, una notte in cuccetta, per scoprire al risveglio quanto nel resto d'Europa la fine del Novecento fosse diversa.

Lilli si era addormentata abbracciata a me, gomitolo di dolcezza, piccola isola di senso.

Non spensi la luce del comodino. Avevo in mano i *28 racconti* di Fitzgerald. Continuavo a rileggere le stesse due righe senza comprenderle. Decisi di alzarmi e di fare quello che avrei dovuto fare a fine pomeriggio: scrivere il pezzo sulla morte di Giovanni Neglia.

Tirai fuori dalla custodia la mia Lettera 22 verde pistacchio, presi alcuni fogli millimetrati e andai in salotto per non svegliare Lilli. Mi sedetti al tavolo da pranzo.

> Risolto il giallo della testa tagliata: Giovanni Neglia, 50 anni, è stato decapitato per aver rubato una collana a casa di Ruggero Pecoraino, cugino di un boss mafioso. Il gioiello era appartenuto alla figlia morta di cancro, la piccola Filomena, di 12 anni. L'omicidio è stato eseguito da Totuccio Incorvaia, boss legato ai corleonesi e cognato di Pecoraino.

Nelle ottanta righe seguenti davo conto del giallo e della soluzione, spiegando che la decapitazione era avvenuta nel capannone degli Incorvaia riservato alla ronchiatura dei tonni. La testa era stata mozzata con una mannaia e poi appesa a colare, vicino ai pesci, finché era divenuta esangue. Il killer aveva sistemato il corpo nel bagagliaio e lasciato la Escort davanti alla stazione proprio per rendere il tutto molto evidente, didattico. Concludevo facendo un cenno al dolore della famiglia Neglia.

Rilessi il pezzo. Lo accartocciai.

Mi sdraiai sul divano e presi un libro di poesie di Giorgio Caproni che Serena aveva lasciato sul tavolino. La cartolina delle Catacombe dei Cappuccini segnava la pagina 81.

L'aprii, lessi l'inizio:

Amore mio, nei vapori d'un bar
all'alba, amore mio che inverno
lungo e che brivido attenderti!

Era troppo. Troppi sguardi diversi, a quel punto della notte per me insostenibili: gli occhi neri di Rosalia, tornati bui per resa incondizionata; gli occhi chiari di Lilli, trasparenti di dolcezza; gli occhi chiusi di quella testa senza corpo; gli occhi feroci di un uomo che sega, decapita, dissangua. E ora il sospiro di tre versi, la certezza di un mondo differente, lontano da me, negli occhi di un uomo innamorato che aspetta in un caffè, al sorgere del sole.

Richiusi il libro, lo posai lì accanto. Cicova si avvicinò lentamente. Spinse il muso contro la mia barba. Voleva che continuassi a leggere. Non gli diedi ascolto, ma avrei dovuto farlo: i gatti hanno sempre ragione.

Toponomastica

Il cuore di Palermo è diviso in quattro dall'intersecarsi di due lunghe strade: corso Vittorio Emanuele, detto il *Càssaro* (dall'arabo Qasr, *La fortificata*), tracciato dai fenici per collegare il porto alla necropoli; e via Maqueda, voluta sul finire del Cinquecento dall'allora viceré spagnolo Bernardino de Cárdenas, duca di Maqueda. L'incrocio delle due strade dà origine a una piazza comunemente chiamata i Quattro Canti di città. Ogni canto, o cantone, è spigolo di un mandamento, i quartieri storici: Tribunali, Castellammare, Palazzo Reale, Monte di Pietà.

Nelle pagine che avete appena letto, i quattro canti ne compongono un quinto impercettibile alla vista, il più visibile per chi è andato via da Palermo: il canto dell'assenza.

Ringraziamenti

Ringrazio
Mio padre per i suoi silenzi.
Mia madre per le sue parole.
Mia sorella Gianna per l'affetto che ha quando mi guarda.
I miei amici Fabrizio Zanca e Antonella Romano per le emozioni condivise.

Ringrazio
Camilla Baresani, Francesca Lancini, Alberto Cristofori, Alfredo Rapetti, Laura Ballio, Alba Donati, Alessia Algani, Roberto Andò e Roberto Gobbi per l'aiuto prezioso; Filippo La Mantia per avere scattato una foto che è con me dal 1983; Ferdinando Scianna e Marpessa Hennink per la loro generosità.

Ringrazio
Elisabetta Sgarbi per essere l'editore più rock che abbia mai conosciuto.

E ringrazio di essere nato a Palermo.

Indice

MARINELLO. Un western — 9

SOPHIE. Un amore — 53

VITO. Un matrimonio — 99

ROSALIA. Una figlia — 157

Toponomastica — 213

Bompiani ha raccolto l'invito della campagna
"Scrittori per le foreste" promossa da Greenpeace.
Questo libro è stampato su carta certificata FSC,
che unisce fibre riciclate post-consumo a fibre vergini
provenienti da buona gestione forestale e da fonti controllate.
Per maggiori informazioni: http://www.greenpeace.it/scrittori/

Finito di stampare
nel mese di luglio 2012 presso
Grafica Veneta S.p.A.
Via Malcanton, 2 – Trebaseleghe (PD)

Printed in Italy